많이 놀다 보니
나이테가 보이더라

차주도 시인

젊은 날
장돌뱅이 짓 하다가
많이 놀기 위해
탁구장 차려 22년 놀다가
지금은 탁구 강사로
성내1동, 천호1동, 잠실6동 주민센터에서,
솔로몬 아동센터에서 노동하고
2023 광진문학 시 부문 「유영국의 산」이 대상을 받아
가끔, 광진문인협회를 기웃거리고 있습니다.

많이 놀다 보니
나이테가 보이더라

초판 인쇄 / 2024년 10월 30일
초판 발행 / 2024년 11월 5일

지은이 / 차주도
펴낸곳 / 도서출판 말벗
펴낸이 / 박관식
신고일 / 2007년 11월 2일

주소 / 서울 노원구 덕릉로 127길 25 상가동 2층 204-384호
전화 / 02)774-5600
팩스 / 02)720-7500
메일 / malbut1@naver.com
ISBN 979-11-88286-44-7 03810

www.malbut.co.kr

하림시인선 12

많이 놀다 보니
나이테가 보이더라

차주도 시인

말벗

작가의 말

시는 내 일기장이야
하루를 담는 그릇이지
내 60년의 삶을
한 쪽이나
한 줄로 줄이기 위해
공부도 제법 했어
하지만 능력이 모자라
길어지고 많아졌어
뇌가 작동하는 한
선한 사람들의 마음을
더 쓰고 싶어
가만히 그 속으로 들어가면
변치 않은 자연 속에서도
믿을 건 사람이더군
그 사람의 눈빛을 보다가
그 사람의 눈물을 잡고 싶었어
1집 『하루』 시집 158편
2집 『많이 놀다 보니 나이테가 보이더라』 시집
315편
더 선명한 나이테의 주름을 즐기기 위해
가진 것 쏟아부어 볼게.

1부
많이 노는 이야기

새벽 단상斷想

내 마음속으로 들어가 본다
겉으로 보이는 잣대는
그럴싸한 모양새를 갖춘 것 같지만
따지고 보면 엉망이다
망하지 않는 게 기적이다
숱하게 만난 사람들
내 싫다고 도망가도
내는 그 사람 원망한 적 없었다
그럴 수도 있겠다는 긍정이
내가 미워한 부정보다
일 퍼센트 앞서서
결국은 내가 못났더라
헤어져 아쉬워하고
언젠가 만날 거라고
믿는 어리석은 내더라
먹고 사는 것도 그러한지라
한 번 믿으면
절대 의심하지 않아
잘못되면 도리어 부족한 내 탓이지 하고

긍정회로肯定回路 일색이다
기업이 꾸며대는 돈 버는 기술마저
순하게 믿는 바보다
사람들을 속여 권력에 붙어 아부하며
잠깐 덩치를 키운다고 생각하지
나쁜 마음으로 거짓말한다고 보지 않는
순수가 마음속에 가득하니
칼 들고 나를 해칠 사람이 없어
늘 자신만만하다
너무나 당당해서
믿는 사람 다치게 할 수 있어도
언젠가 보상할 수 있는 자신이 있길래
믿고 살자는 거다
올해 떠난 신경림 시인은
저승길을 낙타를 타고 가서
돌아올 때는 세상에서 가장 어리석은
사람 하나 등에 업고 오겠다고 했고
여비가 없어도 먼저 가 있는 천상병 시인은

세상이 아름다웠다고 말했고
시 속의 시인 김종삼 시인은
어린 거지 소녀가 어버이 생일이라고
10전짜리 두 개를 보이며
밥집 문턱에 천연스레 생일상을
차리는 모습이 부럽지 않은 것은
그런 자식 있고 며느리 있다는 믿음이
아직은 살아 있고
위대한 시인들만큼
순수가 있다고 자부하기에
아직 익지 않은 마음을 담금질하는
하루의 일상이 늘 새롭게 보이는
즐거움이 있어
새벽에 내 그림자를 건드려 본다.

멍에

조수潮水가 편안히 누워 쉬는
서해의 끝자락 안면도安眠島에서
노을 구경한답시고
지구의 한 모퉁이에 앉아
하늘을 유심히 본다.

일출日出의 뜨거운 그 시절 낭만 속에서
일몰日沒의 서서히 식어가는 고독 속에서
마지막 분기分期를 치닫는 기울어진
공존共存의 틈새 속에서도
변하지 않는 하늘이 그리워
폭죽을 터트리고
밤하늘 바람에 실린 트럼펫 소리가 울려 퍼지고
오늘을 기억하자고 속삭이는 연인들의 카페가
덧칠되는 그림자지만
쏟아져 내리는 별빛마저
마음 한 켠의 슬픔에는
눈물을 막지 못한다.

우리는
저마다의 고독을 털지 못한 채
함께라는 섬에 갇혀 산다.

장돌뱅이 詩人

1.
내 삶의 뿌리는 가난이었지
가난이 준 가치는
성실을 지탱하더군
성실은 차마 눈 뜨고 보지 못하는
삶의 진실을 만들고.

가난은 했지만
부끄럽지 않았어
엄마라는 위대한 여자가
온달 같은 아버지를 꼬셔
더 이상 군북이라는 곳은
살 수가 없으니(염치廉恥와 체면體面 때문에)
야반도주夜半逃走하자고

8만 원의 집 판 돈을 가지고
서울이라는 곳에
몸으로 때울 수 있는 온갖 노동을
조건 없이 48세에 도전장을 내고.

그 세월이
꽤 길었다고 생각이 드는데
15년밖에 되지 않았네

애당초 부모님은
큰돈을 벌자고 서울에 온 것이 아니라
4남1녀를 반듯이 키워 보자고
목표를 잡았으니
15년은 성공한 삶 자체였어

2.
내 삶의 뿌리 가난 안에
근면, 성실, 진실이라는
무기를 가슴에 품고
돈을 벌자고 결심했지
둘째 형수의 집을 담보로
700만 원을 대출받아

은행 커미션으로 30만 원을 지급하고
봉제공장을 550만 원에 인수하고
잔여금 120만 원을 종자돈으로
잠자는 시간 외
모든 삶은 철저히
바닥부터 시작했지

돌다리 두드리듯
삶을 재단했지
기술은 노력의 결실이고
직원들은 함께 살자고 종용慫慂했지

외롭고 고독하다는 말은
배때기 기름 찰 때까지 사치奢侈였어.

언제부턴가
기름칠이 느슨해졌고
회의감이 들었지.
불혹不惑의 중심에서
탁구를 시작했지

이 막의 삶을 준비한 거지

치열했던 일 막의 삶보다
더 깊숙이 자학自虐했지.

적어도 하루 5시간 이상 5년이라는
세월을 갈고 닦아
계급장 떼고 국가대표들도 출전한
50대 1부에서 우승이라는
믿기지 않는 결과물도 만들었지

지금까지 밥줄이니
인생에서 가장 잘한 결정이었어
아직도 자부심이 있으니까

3.
정상에 서 보니
정상의 지름길이 보이더군

그저 주어진 대로
한 발 한 발을 뚜벅뚜벅 걷다 보면
목표는 이루어진다는 사실을.

이제는
나잇값 하는 시를 쓰고 싶어
늦었다고 생각들 때
그때가 가장 빠를 때라는 것은
이미 터득한 터

주어진 하루
시간이 허락할 때까지
몸이 기억하는 시어詩語를 찾고 있어
현란絢爛한 기교技巧보다
묵직한 울림이 있는
하이쿠처럼
한 줄의 詩를 남기고 싶어

정맥과 동맥

여행이 주는 의미를
챙기기 바쁜 일상의 욕심을 버리라는 듯이
빗줄기 내린다
한 끼의 식사 선택이 어려워
반나절 헤매다 들어간 음식점에서
칭타오 맥주를 안주 삼아
얘기를 나누는 동생과는 주제가 없다
현실을 챙기기 바쁜 나는
뒤돌아볼 배려가 부족한 정맥의 피가 흐르고
자존과 낭만이 묘하게 교차하는
동생을 보면 액티브한 동맥의 피가 흘러
우리는 늘 뗄 수 없는 공동체의 60년을 서로 존중했다
운남성 려강고성이 세계문화유산에
고스란히 등재된 이유를 체험한 오늘
부럽지 않은
동맥과 정맥이 여과되는 하룻밤의 역사를
소소히 기록하는 우리가 되자고
건강하자고 서로 당부한다.

침목枕木

갈 길이 바빠서
우왕좌왕 살다 보니
빠진 침목枕木을 고치지 못했다.

부모님이 가르쳐 준
삶의 타래를 품다 보니
그리워할 줄 몰랐다.

삼십팔 년 지난 오늘
소주 두 병, 맥주 여섯 병
보쌈 한 접시, 문어 한 접시
두 시간 삼십 분의 시간
충분했다.

쫓기면서 살아온 세월 속에
단련된 잔잔한 미소가
그리워할 줄 알았다.

손잡고 헤어진 광화문 네거리에
빠진 침목枕木이 끼워져 있었다.

야화夜花

눈치 못 채고
술 먹다
벚꽃이 피어 버렸다

이런 제기랄
늘상 하던 짓인데
뜸을 줘야지

새벽길
탓한다.

사랑한데이

가슴이 저미어
생각이나 행동이 마음대로 안 되는
십 년쯤의 숙성에도 똑같다면
그때부터 사랑이란 말을 읊조리겠습니다

사랑한데이 장환아!

일기장

어제처럼 산 하루의 기억을
스케치하고 있는 오늘
바람 부는 거리에 서서
세상이 쉽지 않다는 것에
절을 하고 있는 그림자를
물끄러미 쳐다본다.

상인商人

어릴 적 시장은
얍삽한 거리
돈에 물들고
상투어에 이지러진 골목으로 닿였지만

막상 그 일에 다가서니
일을 하기 위해 잠을 자고
일을 하기 위해 밥을 먹고
돈을 벌기 위해 온 정신을 쏟는 그들은

산다는 현실을
가식도 없이
한 치의 우회도 없이
성실과 정성이 배인 고독한 상인들이었다.

공생 共生

더불어 함께 살아가려면
피할 수 없는 생각들을 나눠 가지면서
믿음을 던져야 한다

그런 순간들이 느껴질 때
좀 더 솔직하게
좀 더 진실되게
마음을 던져야 한다

내 속의 껍질을 벗겨서
약해져 있는 모습을 과감히 보여
함께 나아가자며 기대야만
살 수 있다.

대화의 기술

감성의 욕구나
이성의 현실에서
장막帳幕을 거두고
타협하는 이야기의 전제는
솔직해야 한다

시어詩語를 기다리면서

지나온 날들의 기록을
확인하고 버리는 작업을 끝내면서
50여 년 간직했던 의식이나 자존이
확신의 시어詩語로 만들어지기를 기다리는 시간
처절히 버려야만
가지는 빈자리에
한 잔의 커피를 적신다.

봄날에 취한 하루

아파트 정원이 겨우내 침잠沈潛에서 깨어나
산수유를 띄운다

너만의 무대가 아니라며
햇빛 살짝 가린 나뭇가지에
목련이
벚꽃이
시샘하듯 꽃망울 틔운다

퇴근길
여전한 마음에
후리지아 한 단 사서
화병花瓶에 꽂곤

봄날에 취한 하루에 절을 한다.

기다림의 미학美學

하루 7시간 70여 명 빡센 탁구 레슨을 하면서
가져진 루틴(routine)은
말수는 줄이고
눈빛은 상대의 마음을 보고
손놀림은 안 되는 곳에 집중적으로
공을 던져 진맥診脈을 잡는다

숱한 말도
터득하기 전까지 메아리일 뿐
언젠가 돌아와 내 것이 될 때까지
공허한 울림의 시간을 줄이는 방법은
하나 둘 하나 둘!
기본에 충실할 것

어디 탁구뿐이랴

눈 뜨고 일어나
사람 짓 하자고

쏟았던 반복의 나날들이
몸에 배여
오늘 이 아름다운 자연의 숨결마저
내 것이 되지 않았나!

부모님 이력서

태어나서
엄마가 만들어준 그대로
잘 보이기 위해 애썼고

자라면서
돈 벌 줄 모르고
온 하루를 노동하여
자식들 뒷바라지하는
성실을 터득했고

이제사
그 덕에
먹고살 만하니
부모님 그리워지고

후일
혹시 뵙게 된다면
무슨 뻥 치며
웃게 해드릴까.

연륜年輪 I

모를 땐 철부지로 살아도
방어막이 되어주는
주변의 배려가 있고

적당히 익어 가면
이 눈치 저 눈치
신경이 쓰이면서

고수의 길로 접어들면
절로 터득한 깊이로
마음의 세계를 휘젓지.

가족 모임

며느리 생일날
어른들이 좋아하는 음식보다
손주들이 좋아하는 양념갈비를 먹으면서
맞은편 두 돌이 지난 손자를
그윽이 쳐다보면
초등 이 학년 손녀는
그것도 부족한지
가슴에 살짝 머리를 기댄다

가슴엔 한 편의 시詩가 꽂힌다.

유한有限의 삶

한강변의 거센 바람 앞에서도
벚꽃은 핀다
늘 계절은 오가건만
설레임이 더한 것은,
셀 만큼의 유한有限인가.

꽃들이 보여준 하루

어둠에서
잠시 벗어나
지구촌은 꽃들의 잔치에
동공은 고정된다

무심한 사람도
걷다가 걷다가
주춤거리기도 하고
은발의 여인들도
삼삼오오 미소 띠며
활짝 핀 벚꽃을 보며
지는 목련을 아쉬워하며
내 목숨인양
은은한 목련꽃 아래서
생명을 찍고 있다.

늘
계절은 오가건만
단, 며칠을 보이고 싶어
한 해를 던지는 벚꽃이나

세월 속에
슬픔을 묻고
포장된 미소를 띤
삼 막의 삶이나
잠시 내려놓고
고정된 동공 속으로
눈물이든
손수건이든
가리지 말고
들어가 보자.

··· 아버지

그 남자의 기억은
40대 끝자락부터

세상의 짐을 끌어안고
세척해야만 직성이 풀리는
성실 근면의 표상表象

젊을 때도 그랬는지
알 수 없지만

정년을 다 채우고 나서는
옷 만드는 공장에서
보직은 시아게
비공식 야간 대빵

직원들 퇴근시에
한두 장의 옷을 슬쩍 한다고
수시로 귀띔하는 충고에

"눈 감고 그냥 월급 더 줬다고 생각한다"
답하니
빡!
귀싸대기 한 대 때리고는
용두동에 아차산까지
눈발 내린 거리를 새벽에
혼자 걸어가는 심정은 어땠을까?

꽃단장 마무리된 봄날에
그 우직한 돈키호테의
귀싸대기 한 대
더 맞고 싶은데

… 아버지.

더불어 사는 세상

인생은 독고다이라고
말하는 젊은이여
더 살아 봐라

힘이 있어
거추장스런 것을
단순화시킨 독설이야

그래도 세상은
사람을 만나
부딪친 눈과 마음에서
한 번쯤 읽어 내리는 눈치를
수없이 스쳐 지나갔을 터

오가는 계절처럼
반복의 연속에서
혼자일 수 없어
짝을 만나고

친구를 만들어
함께라는 따뜻한 말속에
외롭지 않았지

인생은
더불어 사는 세상에
술잔 하나 얹는 것이지.

가끔, 그리워지는 건

볼 때마다
꽃사슴이라고
여과 없이
던지는 말에

씨익, 웃던 시절

잘 늙어 가는지
적막寂寞에
꽃비 날리네.

아들 10주기를 추모追募하며

2014년은
세월호의 참사로
일상이 허우적거리다
너의 사고사事故死로
먹먹한 허탈의 기억을
완전히 지우고 싶은 한 해였다.

진실은 거짓 앞에
무너진다는 신념으로
세상과 싸웠지만
돈이 권력을 지배하고
돈이 사람의 양심마저 빼앗는다는
현실을 확인하는 데 오 넌이나 걸렀나.

상일동 회사 앞 오 년여 1인 시위
광화문 세월호 옆 간헐적 1인 시위

숱한 고뇌 끝에

근재보험을 산재보험으로
어렵사리 바꾼 명분으로
며느리와 손녀의 삶을
보전하는 것으로
너와의 약속을 지켰다는 생각이 든다

견뎌야 살고
용서해야 이기고
바람이 눈물을 만들고
눈물이 헤적이는 마음
산다는 건
견디고 용서하는 기술

마음을 다스리는 십여 년차
너를 추모追慕하는
이라크 바그다드 직원들이 구운 CD를
지금에서 보니
비록, 짧은 생이었지만

늠름凜凜하고 자신만만한
멋있는 삶을
살았다는 것만을
가슴에 품으련다.

스펀지처럼

사랑스럽던 삶이
어느 날 갑자기
철퇴鐵槌에 맞은 듯
혼란에 빠질 때는
주변을 보아라
저마다의 삶에
최선을 다하며
어금니 깨물고 미소 띠는 모습들을.

결코, 혼자가 아니야.
사랑스럽던 삶이
구차苟且해질 때
살아왔던 순간들을
기억하라
얼마나 자신에게
충실充實했던가를.

빽빽한 지하철 안에서
만나는 숱한 사람들도
사랑스러운 삶을 지키기 위해
애쓰며 세상 속을 달리고 있다는
사실을 받아들이자

스펀지처럼.

사람의 詩를 쓰고 싶다

눈 뗄 수 없는 계절을 감시하는
침묵의 바다에 마음을 다지는
짓눌린 무게를 털고 있는 산의 고고함을
꽃이 만든 아름다움에 이끌려
동화 속의 세상을 꿈꾸는
바람이 전하는 소소한 속삭임에 귀 기울이는
많은 시어詩語들 속에
사람의 시를 쓰자고 했다.

잘돌뱅이 짓 하다 보니
애써 피한 눈길마저
진심을 읽어내는
그런 마음으로
살자고 했다.

하지만
세상사
더한 말도 덜한 말도

상처를 주고
상처를 받다 보니
더러, 단절이 된다

복원시키고 싶은 마음 간절하지만
남은 시간
가진 것에 최선을 다하자고 삭제하다 보니
전화번호 3할이 날아갔다

그래도
사람의 詩를 쓰고 싶다

애써 피한 눈길마저
진심을 읽어내는
그런 마음으로
살려고 한다.

연푸른 아차산

비 갠 후
아차산은 푸르름의 본색本色

어디서 잎들이 잔치를 벌였는지
까마귀 소리 하늘을 울린다.

연푸른 호사豪奢에 겨운 눈은
아련한 고향의 향기에 젖는다.

온 산을 뒤덮은
환한 너의 얼굴
보고 싶다.

습관習慣

묵묵默默한 여백餘白이 넓을수록
사람 사이 간극間隙이 좁아짐을 알면서도
늘, 경청傾聽이 어렵다.

잘못하면 잃는다

윤석열의 실패는
채 상병의 죽음을 무시하고
한낱, 충성하는 사단장의 사탕발림에 놀아난
대통령의 직무유기와 오만함에서 끝났다.

한국 축구의 몰락은
위대한 선수들을 잘 이끌지 못한
정몽규의 삿됨에서 끝났다

대통령과 축구협회장의 공통점은
일 잘할 거라고 한 표를 던졌더니
눈에 보이는 것이 없어졌다는 사실이다.

은근과 끈기를 가진 국민의 무서움을
알지 못한다는 사실이다.

오월

샛강에서 자맥질하며
한가한 길을 만드는
오리들처럼

가로수에서
하얀 눈을 뿌리는
이팝나무들처럼

오월은 그렇게 걸어야겠다

유통기한

막걸리 두 병을 사면서
냉장고 앞쪽보다 깊숙이 안쪽의 것을 꺼내어
유통기한을 확인하면서
설핏, 나의 유통기한이 언제일까 묻는다

더러 양보도 하고
그럴 수도 있겠다 하고
다를 수도 있는 것이 사람이지 하면서도
오랜 인연이 허무하게 사라질 때
그 끈끈했던 줄이 어떻게 풀렸는지
그 술자리의 약발이 잊힐 수 있는지
많은 시간을 두고 생각해 봐도
둔한 머리 답을 못 내리다

이제사
인연법에도 유통기한이 있다고,
나의 유통기한까지 자책하면서,
한 잔의 막걸리를 삼킨다

자위 自慰

삶이 힘들 때
'있다'라는 것
삶이 힘들 때
'없다'라는 거

하늘이 무너진다는 말은
하늘이 무너질 만큼
힘든 나를 알아달라는 말

죽고 싶다는 말은
죽을 만큼 힘든 나를
없는 사람처럼 생각하지 말라는 말

성산 일출봉
구름 한 점 보이지 않는 하늘을 쳐다보며
가진 것에 대한 털어버림이
아니, 잊으려고 애쓰는 마음이
얼마나 힘든 것인지

하늘에 대고
있다
있다
있다고 쓰다가

없다
없다고
없어질 거라고
하늘에 대고
자위自慰한다

언젠가는

살다 보면
진실이 묻혀질 거라고
더러 생각이 들겠지만
진실은 여과없이 드러나는
행위인 것을 알면서도
우리는 갑옷을 입고 무장한다

고생대 화석처럼

유주 꺼

초등학교를 가기 전에는
자주 오던 유주가
어린이날을 맞아
오랜만에 하룻밤을 잔다는 말에
찐빵 한 봉지를 사서
집에 도착하니

한 개를 덥석 물더니
봉지에 뭔가를 쓴다

유주 77-1라 읽고
무슨 뜻이냐 물었더니

눈이 휘둥그레지며
할아버지를 쳐다본다
다시 보니
유주 꺼였다

순간
술 취한 할아버지를 본
유주는 어떤 맘이었을까?

늘, 그렇더라

출근길에 막히다가
퇴근길엔 맞은편이 막히는
강변북로의 하루나.

맛있는 음식을 고르는
혀의 놀림에서
배설까지 하루나.

거룩한 노동을 마치고
서로 수고했다고 토닥이며
저물녘을 함께하는 하루나.

세상에 잘 적응하고 있다고
골라 쓰는 언어와 신체의 성장을 보이며
끝없는 사랑을 확인하는 손주들의 하루나.

경계境界를 짓누르는 긴장緊張이
엄습掩襲하는 불안의 꿈속에서 다행히 깨어나
계절의 경이驚異를 맛보는 하루나.

하루가 하루를 잡아먹는
그 하루에 길들여진 순종順從에 감사하다며
꾸벅 절을 올린다.

내가 아는 김성삼

삶과 죽음의 문턱을 왕래하다 보면
비관悲觀과 부정不正이 정수리를 치고
귀에 잘 들리지 않던 유행가 가사가
내 이야기 되는
희망과 절망이 공존하는 전쟁터에서
비움의 전사로 살아 돌아온 그는
예수를 닮아가고 있었다

한결같은 사람이라
잊고 지내다
생각나 전화하니
진맥診脈을 잡아주고
오월의 향기를 담아준다.

있는 듯
없는 듯
세상 속에
예수의 그림자를 밟고 있었다.

우정友情

살다보니
친구는……
둘이 전부더라

술 마실 땐
서로 다투다가
돌아서면
서로 챙기더라

그래서
더욱 깊어지더라

돌팔이 의사

이 년에 한번씩 습관적으로 받는 건강검진

오래 살자는 욕망은 아닐진대
유비무환이나 배려 차원의 행사이기에는
과다한 에너지를 쏟는다

입으로 항문으로 쑤셔대는 검사는
수면으로 잠시 잊는다지만
멀쩡한 정신에 받는 초음파 검사는
루틴을 망가트린다.

건강해서 좋겠지만 근육이 두꺼워
장기의 구별이 어렵고
호흡 시에 장기가 가슴속에 몰려
측정이 어렵다며
연신 청진기를 꾹꾹 누르면서
불만을 토로한다

맥주 한 잔이면
들여다보이는 속을
돌팔이 의사가
사람 탓한다.

청호동青湖洞 갯배

언젠가 가야 될 북녘 땅을 눈앞에 두고
갯배는 간극間隙을 메우는 휴전선이었다

몇은 죽고
몇은 늙은 할아버지가 되어 있고
몇은 아바이란 함경도 사투리마저 희미해져 버린
청호동青湖洞 사람들과
드리누우면 닿을 중앙동 사람들은

반나절은 중앙시장에서
반나절은 아바이 마을에서
서로의 삶을 만져주는 갯배는
그 흔한 전기나 석유의 도움을 버리고
오로지 사람의 손으로 철선에
쇠고리를 걸어 서서히 끌어당기며

눈은 맑고 푸른 청초호青草湖를 바라보면서
마음은 고향 북녘 땅에 가 있었을 게다

나를, 두드린다

변덕거리는 날씨 속에서도
오월은 숨통을 푸는 달

뭔 삶을 산다고
재깍재깍 의미를 부여한 채
분주히 다니다
띄엄띄엄 휴일을 받아보니

잃어가는 사람과
만나는 사람들과
그 속에서 술잔을 들고
나와 나 아닌 것에 취해서
아슴아슴한 늦저녁

별빛 따라
달빛 따라
그림자 밟으면서
나다워지리라

나다워지리라

알코올에 몸을 씻고
정성껏 하늘에 절을 올린다

나다워지리라

이슬을 머금은 詩

피하지 말고
정면으로 싸워서
처절한 고통을 감내하고
견딜 수 있는 한계점에서
타협보다
전부를 던지고
절절이 바랄 때
한 줄의 詩가 툭, 떨어진다

침묵의 바다에서
잠잠히 이는 수심의 깊이를 헤아리는 순간
한 줄의 詩가 툭, 떨어진다

바람이 깎아내린 바위의 주름이나
연륜의 중량을 지킨 나무의 나이테에
가만히 마음을 열면
한 줄의 詩가 툭, 떨어진다

그제서야
이슬 머금은 연필이 움직인다

사랑의 깊이

"뱀 같은 놈!"
"지두 생각이 있겠지요."

특차特差 합격통지서를 받고
잠시 고민할 때
부모님의 대화를 엿듣곤
두고두고 오래 머물렀다

4남1녀를 키우며
얼마나 삶의 무게가 짓눌렀으면
이해하며 삼키려 해도……

돌아갈 수 없는 길에서
더 단디 해라는 묵언默言이

아침을 깨웠나 보다.

단단

항상 별명에
이 단어가 숙명宿命이었다

사랑하는 동생이 스스로 돌멩이라 하고
나는 차돌바위라고 했는데
군 선배는 소니sony라고도 했다

하지만 처숙부님과
술잔을 기울이며 제안받은
상설祥雪이 좋았다

누구에게나 첫눈 같은 사람이고 싶어서

늘, 단단이
삶 속에 숨을 쉬고 있었다

왜 격렬비열도格列飛列島인지

서해 최서단에 위치한
무인군도無人群島 격렬비열도는
바다새와 야생화가 섬을 에워싸고
참돔, 감성돔, 농어가 식욕을 돋운다지만,

왜 格列飛列島인지?

격렬激烈과 비열卑劣을 밝히는
유일한 등대가 파수把守꾼인가?

각자도생 各自圖生

손녀의 과제물로
'고추 키우기'가 선정되어
고추 모종의 성장을 살펴보다가 시원치 않자
햇빛이 잘 드는 할머니 집으로 들고 온다

손녀의 부탁이라
정성껏 키우다 보니
키만 쑥쑥 자라고 꽃은 피건만
열매 열릴 기미가 없자
인내의 한계를 넘어선 할멈은
"고추가 열리지 않으면 버려야지" 하면서 엄포를 준다.

"아무리 말 못하는 식물일지라도
야박하게 말하지 말라"고
경고장을 띄우자마자
위기를 느꼈는지
고추가 두 개 열렸다

아무리 봄일지라도
바람이 전하는 속삭임을 모른 채
순리를 거스른 것이다

눈치 챈 할멈은
연신 피어난 꽃에
바람의 역할을 대신해
솜을 가지고 톡톡 문지르니
주렁주렁 신기하게 베란다에
생명이 수두룩하게 열렸다

이제는 분갈이하여
바람이 잦은 복도로 옮겨놓으니
신선한 고추가 한 끼의 입맛을 돋운다.

신경림 시인

돈
너머
詩人이 있다

심연深淵과 나락奈落의 경배敬拜

해우소解憂所에 앉아
창 너머 먼 경치를 보며
배설排泄을 마치는 순간

쥐똥나무

일렬횡대 화단의 울타리를 만들고
어르신 지팡이로 변신하고
허약한 분 한약재로 변신하고
누군가 불멸不滅의 이름자를 새긴 도장으로
체면치레하는 쥐똥나무

담벼락에 핀 라일락 그 향기는
익지 않은 기억을 더듬다가
널브러진 쥐똥나무 그 향기에
눈 감고도 세상을 보는구나
이제사.

高泳喬 변호사

척박瘠薄한 세상에
사람 냄새 풍기는 분
잠깐 집배원 생활(체신고등학교 졸업)을 경험하고
사법고시 12회에 합격하여 판사로 근무하고
11대 국회의원으로
참여정부 초대 국가정보원장으로
뚜벅뚜벅 길을 걸었지만
내가 아는 그 분은
샌님이 제격이다

공장 화재사건으로
변호사로 선임選任된 인연은
사는 동안 내내 가장 선한 기억이다.

3년여의 소송 끝에
8600만원의 승소를 이끌었지만
건물주의 과실보다 우연의 발화이기에
4000만원의 합의에 응하고 싶다 하니
그렇게 하시라 한다

변호사비가 반으로 줄어드는데도
샌님의 표정은 변화를 전혀 느낄 수 없었다.

27세의 제의를
45세의 변호사가 여과濾過 없이

일언지하一言之下 받는 순간,
삶은 영원히 아름다울 줄 알았다.

유월 - 그렇게 살자

오월의 하늘에
찰칵 한 번 사진을 찍으면
드넓은 유월의 하늘이 맑게 담겨지고

오월의 풀과 나무들에
비 한 번 살짝 내리면
싱그러운 유월의 궁전을 만든다

오월의 하루가 다 지면
유월의 숲은 어김없이
별이 총총 마음에 흘러
바람이 숨은 그리움을 철철 쏟아낸다

늘, 뵙고 싶었습니다

1980년대 대우 로얄 살롱과 수입 전축세트를 구비한
처숙부의 댁 외양이
숨어 있는 본능을 건드려
장돌뱅이를 선택한 결정타였다

그런 우상偶像이
몇 번의 이사를 거쳐 양평에 정착하기까지
내려놓음의 세월은 어땠을까?

간간이 처숙부님과 술로 회포를 풀다
처숙모님과 식사를 하자고 약속하여
도착한 양평역에 이미 두 분은 미리 기다리셨다

격세지감隔世之感

조카와 조카사위를 만난다는
기쁨을 못내 추스르고
지나온 세월 이야기를

여과 없이 담담히 쏟아내곤
서로 건강하자고 토닥이며
헤어지면서 편지봉투 한 장 건넸다

늘, 뵙고 싶었습니다.

세상 사는 거 – 희희낙락이 좋다

유월의 비가 촉촉이 땅을 적시는 아침
살아온 날과 살아갈 날을 생각한다.

재고더미의 옷에 갇혀 죽은 쥐처럼
지갑에 돈이 모자라서
친구 만나기를 주춤거린 IMF 시절이나
사람과의 격리를 요구한 낯선 코로나 시절이나
다 지나간 세월이었다

기회만 되면
익숙한 사람들을 만나 탁구를 치고 술도 마시면서
희희낙락喜喜樂樂하는 지금을 보면서

60년의 지나간 시절과
10년째의 현재 모습과
움직일 수 있는 앞으로의
희망회로希望回路를 생각해 보니

더 많이 사랑하고
더 많이 정담情談을 나누면서
함께 있어 줘서 고맙다고
잘 살았다고
부는 바람에 살짝 귀띔을 전한다.

개망초 꽃

있는 듯 없는 듯
잠시,
흘러가는 삶을
너에게서 배운다

(한강변에 흐드러진 개망초. 언제 이렇게
분위기를 띄웠는지 소담스러워 눈길이 간
다. 번식력이 강해 농사일을 다 망친다고
붙여진 이름이라지만 어린 순은 나물로 꽃
은 말려 꽃차로 이로움을 주고, 멀리 있는
친구를 가까이 부르고 행복을 주는 화해의
꽃이라니)

사피니아 - 휴가를 떠나자

청초淸楚한 나팔꽃보다
정열情熱을 더 뿜는 사피니아
분홍, 보라, 다홍으로 도시의 여름을 유혹하고

함께라서 행복하다고
함께라서 마음이 놓인다고
살며시 다가오는 여인의 미소

함께하리라
이 여름을

하루를 사는 법

꼬롬할 바엔
차라리 할딱 벗고 주자

다들, 그렇게 살더라

시간의 끈을 돌돌 감아
돌아갈 수 있다면
그때로 갈 수 있다면
그때의 꿈, 일, 생각들이
결코 헛되지 않았다는 것을.

시간의 끈을 돌돌 감아
돌아갈 수 있다면
그때 가슴속에 핀 꽃
소록소록 눈 내리듯이
담을 수 있었을 텐데

시간에 갇힌 세월
그래도 열심히 살았다고
더듬거리는 오늘이
또 내일이기를.

詩

1.
살고 있는 것
전부 생명인 것을
함께 가는 것

2.
바람결에 머물다
마음속에 갇힌다

3.
자연을 보며
설핏, 기대는 즐거움

시계時計

서울에서 바드라까지, 짧다
1982년에서 2014년까지, 너무 짧다

지구의 한 모퉁이에서
너와 나는
공전空轉하고 있다
짧은 순간들을 태우며.

조언助言

마음은 윤슬이 되어
볕뉘처럼 포용包容하라는
친구의 진심真心에

고맙데이.

안개(헤어질 결심 OST)

만만치 않은 세상이
만만하게 느껴지는 것은
기댈 수 있는 자연이 적절히 절여져
쳐다만 봐도 위로를 받기 때문이다

바람이던가
햇빛이던가
파도波濤였던가.
아님, 한순간 적막寂寞을 깨고
눈빛으로 걷어낸 안개였던가.

만만치 않은 세상이
만만하게 느껴지는 것은
볕뉘처럼 던지는 따뜻한 말이 윤슬이 되어
힘이 빠질 때마다 마음을 달래기 때문이다.

둘하 노피곰 도드샤

계절이 아무리 바뀌어도
지고지순至高至純의 사랑법은
바뀌지 않는 사람의 마음일 텐데
솔베이지의 노래나
정읍사의 고대가요를
음미吟彌하다 보면

마냥 부러운 시간 여행을
추적이는 빗소리와 함께
잠시 도망쳐 본다.

늘, 의미 있는 하루이기를

3연타석 홈런을 얻어맞은 투수는
쓰라린 하루의 기억을
슬쩍 지우면 되겠지만
그런 날이 삼 년 동안 연속으로
전립선암, 위암, 폐암으로 발병되었다면,
삶 너머 죽음까지 삼 년을 들락거렸다면,

남의 이야기로 들리던 유행가 가사가
나를 두고 썼다고
색소폰 연주 때 애꿎은 눈물만이 범벅이 되고
자식들 마음 다칠까 봐
투병 사실을 숨기면서까지
늑대 같은 삶을 산 심정은 어땠을까?

아무리 산다는 게 헛될지라도
가족에겐 여운餘韻을 줘야지
혼자만의 삶은 아닐지니

번민煩悶의 나날 겪다 보니
비움의 끝에 쳐다본 하늘 위 해와 달과 별,
바람결에 실린 구름까지
눈앞에 있다는 것만으로
감사하는 오늘처럼
늘,
의미 있는
하루이기를.

지하철 단상斷想

머리숱이 얇아지고
이마가 넓어진 나를 멋있다는 친구
세월을 이길 수 없는 현실에
타협하는 방법은 말수를 줄이는 것
미소로 인정하는 세상을 전부 아는 척
너스레 떠는 처세가 밴 오늘
친구를 만나 마음을 던진다

언제 우리가 가지려고 만났던가
우리는 그냥 나를 키우고
사회를 키우자고 하지 않았나
적어도 사회를 키웠는지 몰라도
자식들은 사회 속의 사람 아닌가
더러 생각이 다를지라도
걸어온 삶이 진실일 테니
그 삶을 데워 보세나

오늘 즐거웠데이.

내 마음에 광두정廣頭釘을 치자

비 갠 후 파아란 하늘이나
살랑거리는 바람이나
흔들리는 잎새 위 나무에 붙어 제 소리 내는 매미나
내 살기 바빠 쳐다보지 못한 무심無心에서
한번쯤 어지럽힌 세상 속에 끼여 본다.

감사할 줄 모르고
받은 권력을 무한정 휘두르는 족속 하나
생명보다 더 소중한 게 무엇인가 묻고 싶다
내 아무리 세상 물정物情을 모를지라도
배운 건
사람을 존중하는 법
국방의 의무를 준수하다 사고사事故死한 군인 앞에
권력자와 달라붙은 간신배들이
더 큰 권력의 욕심으로
상식을 무너뜨린 죄
내 마음에 광두정廣頭釘을 친다.

감사할 줄 모르고
받은 권력을 무한정 휘두르는 족속 하나
스포츠 정신을 위장하여
협회를 사유화한 죄
진실의 힘이 어디까지 뻗칠지 몰라
내 마음에 광두정廣頭釘을 친다.

손을 잡는다는 것은

손만 꼬옥 잡고 있어도
들리는 소리가 있습니다
배설 소리나
매미 소리나
바람 소리나
비 소리나
다 살아 있어 듣는 소리 위에
마음에 일렁이는 고요의 소리 위에
손만 꼬옥 잡고 있어도
느끼는 소리는
달과 별이 비추는 가지 않은 길도
두려움 없이 함께 뚜벅뚜벅 걸어갑니다.

언제 방점傍點을 찍을지 모르지만

가볍게 보였던 탁구가
칠수록 어렵단다
알수록 어려운 세상처럼
고수의 길로 가는 언저리에
믿을 건 흘린 땀만이 몸은 기억한다
뚜벅뚜벅 걷다 보면
어느새 도착한 목적지처럼
안달을 버려야 한다.

어디, 탁구뿐이랴!

가족사진 家族寫眞

넷이 모여
밥숟가락 박박 긁던 그때가
방점傍點이 찍혔다는 사실을
지나가고서야 느껴집니다.

견우牽牛가 직녀織女에게

굵은 빗줄기 수직으로
강변북로 건반 위에 쏟아붓는다
순간, 생각의 틈은
구멍 뚫린 하늘만 쳐다볼 뿐
이유 없는 천둥 번개가
악보를 보라는 듯 가슴을 친다

이 비 그치면
흘린 눈물만큼
데워진 하늘이 열리고
여린 가슴은
이슬 품는 일 년을 노래할 것이다

깨닫다

숨 한번 크게 쉬고
밥 한 끼 맛있게 먹고
배설하는 하루가
이승의 숙제인데
무슨 생각들이 많아 그리 허덕이는지

검은 구름이 모여 순간 소낙비 퍼붓고
언제 그랬냐는 듯 맑은 하늘이 보이고
습기 찬 무더위 속에서도
숨통 트는 바람이 있어
변덕을 이겨내는 길들여진 여름날
욕심 하나에
온 마음이 흔들려 버려진 오늘을
반성하여야 내일이 온다

숨 한번 크게 쉬고
밥 한 끼 맛있게 먹고
마음껏 노는 것이
이승을 사는 목적이거늘.

헛방防

산다는 것이
매순간 행복인데
묻어두고 낭비하는 욕망慾望 때문에
꿈속에서 맛본 말 없는 말이나
닭장 속에서 계란을 보는 풍경마저 지워버리고
눈을 뜨면
또 어리석은 한 줄의 시어詩語를 찾아다닌다.

하얀 손수건

땀만 캐는 여름 날
무딘 마음 녹이는
고이 접은 손수건
성긴 생각 날리는
바람처럼
세상을 깨우는
작은 소품 하나.

무작정 여행 3박4일

1.
가족이 아닌
탁구로 인연된 분들과 떠난 여행
추억을 만들자고
3박5일의 필리핀 세부 여행을 계획하고
다짐한 시간들도
사람의 일인지라 취소되고
대신, 국내여행으로 떠난 첫날
대관령 삼양목장, 경포대 해수욕장,
동해 한섬 해변까지
세속에 물든 삶에서
잠시 내려놓고
자연의 소리에 귀 기울이며
한 발 한 발씩 땅을 밟으며
지나온 삶을,
앞으로의 삶을,
생각하고 생각하며
한 발씩 뗀다.

2.

동動 트는 추암 촛대바위나
초곡 용굴 촛대바위나
언제나 그 자리인데
보는 순간
다른 마음이 번짐은
아직 영혼이 쓸 만하다는 뇌 구조라 자위하며
씩씩하게 바다에 뱉는다
또 보자고

3.

35년 전 기억만으로 도착한
포항 죽도시장, 오거리, 육거리가 변해
생소한 이방의 도시로 자리매김되어
족구나 축구처럼 언제나의 자랑은 멈추고
침묵의 선승禪僧이 되어야만 했다

4.
아파트 디자인이 예쁜 부산은
더이상 진시장, 자유시장의 전투적인 기억은 사라지고
진보의 해양 도시로 탈바꿈된
역동적인 모습으로 보여지고
다만, 바뀐 부산역 역사驛舍만이
추억을 불러낸다.

5.
탁구로 만나
탁구가 아닌
3박4일의 여정旅程은
통영의 까치복, 여수의 한정식으로
서로의 삶을 위로하고
함께한 시간과
함께한 존중을 묻어두고
일상으로 돌아가지만
우리가 가진 우정만큼은
헛방이 아니기를
세월 앞에 던져놓는다.

몸이 말을 한다

신문 사단지 의류 광고를 처음 낼 때 카피copy는
"옷이 말을 한다?"고 했다
어쩌면 돈 안 내고 등단한 첫 시詩다.

김수영 시인은
「시여, 침을 뱉어라」에서
시작詩作은 '머리'로 하는 것이 아니고
'심장'으로 하는 것도 아니고
'몸'으로 하는 것이요
'온몸'으로 밀고 나가는 것이라 했다

탁구가 빨리 늘고 싶다고
안달하는 제자의 질문에
"탁구장에 오래 머문 시간만이 고수의 길이라고"
아직도 말한다.

한 줄의 시작詩作에 매달리는 무수한 기다림도
묵묵히
적나라하게
발가벗고
부끄러운 내 몸을 세상 속에 던져야 한다.

우리 오래 살자

우리 형제들은 언제 만나도
제 목소리 거침 없이 막 낸다.
더러, 생각이 달라
섭섭함이 거리를 다소 만들 때도 있지만
참고 지내온 억수 같은 시간이 보약이 되어
적당히 간이 밴 음식처럼
서로의 위치에서 넘실거린다

함께라서 고맙다는 말은
할 말 감추고 속내 깊숙이 품은
마음들이 곱게 포장되어
옛 예식장에서 본 그 모습들이
빈 술병과 나란히 거울 앞에 앉는다
그것이 우리들의 자화상인데……

술 한 잔의 시간에
조금 더 담고 싶은 마음
묵묵한 견딤이

쓸 만한 눈빛이 되었다고
자부하고 싶은 순간
저무는 노을이 바닷속으로 잠이 든다.

맥문동麥門冬

가끔 아차산 풀숲을 오르다 보면
소나무 밑에 융단처럼 깔려 있는 맥문동麥門冬

보리 뿌리와 닮았다 하여 보리 맥麥을 쓰고
푸른 잎으로 추운 겨울을 견딘다고
겨울 동冬을 사용하니
지나칠 때마다 유심히 보게 되더라.

집에서 키우는 난蘭의 자연산 같기도 하고
눈 속에 묻혀서도 살아남는 푸른 군인 같기도 하고
숲속을 말없이 지키는 겸손과 인내 덕에
보랏빛 향기 배인 맥문동麥門冬 꽃망울

인연 맺은 기쁨에
너를 볼 때마다 듬뿍 정이 담긴다.

마음잡기

처서處暑가 지나니
공기가 달라졌다
끈질긴 더위가 가닥이 잡히고
성큼 가을의 소리가 귓전에 닿인다
매미의 울음마저
마지막을 알리는 인기척처럼
이 여름을 기억해 달라는 애원哀願처럼
새벽을 걷어내는 안개처럼
여운餘韻을 남기는
작은 악기의 소리에 불과하다.

세상을 움직이는 모든 것도
가만히 귀 기울이면
순서를 지키듯이
우리네 삶도 매일반
조급함이 마음을 다친다.

자연自然에 기대어
높아져 가는 하늘을 보고

늘 그 자리에 있는 산의 침묵沈默을 배우고
변해 가는 숲속의 색色에 눈을 돌리면
해와 달이 빛을 조절하고
바다가 중심을 잡고 있다는 사실을
바람이 툭, 건드린다.

세상은
내가 모를 뿐
알지 못하는 비경祕境을 찾기 위해
천천히 마음을 열어야 한다.

시치미

왼쪽 팔을 올려보니
땀띠가 돋았다
피부가 좋아
신경을 낳는데
씀벅씀벅 다시 보게 된다
그깟 것 하며
놓칠 타이밍에
배짱이 탁구장 시절과
레슨이 많아진 요즘의 환경과
높아진 온도 때문에
과부하가 걸린 것일까?
살다 보니
별것 아닌 것이 별것처럼
신경이 뻗쳐진다
쪼잔하지 말자고
막걸리 잔이 깊어진 어젯밤의 즐거움이
오늘 혹독酷毒한 시련의 감내堪耐는
터득한 각오覺悟라

시치미 떼는 하루지만
그래도 누군가 또 부르면
혹독酷毒한 각오覺悟쯤은
늘 예방주사를 맞았다는 기분이 든다.

기다리는 마음

가끔 노래를 듣다 보면
노랫말과 곡조曲調가
한 사람의 몸짓에 어우러져
리듬을 당겼다 놓았다 풀며
호흡까지 툭, 건드리는
저 유연한 멋을 보는 뭉클함이
가슴에 닿는 순간
저거다 싶다.
어떻게 감정을 싣는지
누구도 흉내 낼 수 없는 한 편의 시詩를 읊조린다.

언젠가는
나의 시詩도
연륜年輪이 묻어나
툭툭, 던지는 시어詩語가
눈물이 되었다가
그리움에 젖었다가
나무에 숨었다가

숨은 나무에서 자란 잎사귀에
이슬이 입맞춤하는 연서戀書를
바람이 전하기를 빈다
간절히 바란다.

사랑, 참 어렵다

겨우 걸음마하는 동생을
귓속말로
껴안지 말라는 너의 마음을
미처 헤아리지 못한 때
그때 맑은 너의 눈망울은
간절히 바라는 것이었는데……
무심한 세월이 흘러도
너를 사랑하는 이유는
그 간절함이
가슴 한 편에 남아 있기 때문이다.

너나 나나

어둠을 타고
슬쩍 내린 눈발이 바람에 날리는 새벽
너를 만나는 자리는
일백육십육 시간을 싸우다, 싸우다 지쳐
고해성사하는 넋두리의 두 시간

세차게 불어대는 바람이나
바람에 흩어지는 눈발이나
나를 내려다보는 너나
너를 버리려 하는 나나.

쉰들러 리스트

선과 악이 휘몰아치는 세상에서
사랑이 증오보다 위대하다는 한 편의 영화

나치와 타협한 기회주의자 쉰들러에게
유태인 회계사 스턴이 경의를 표하며 던진 한마디
"하나의 생명을 구하는 자는 세상 전부를 구하는 것과
같다"(탈무드 인용)의 말은
죽음보다 귀한 훈장이었다.

원하든 원하지 않든
죽기 위해 살아가는 유태인들을
경멸하는 나치 군인 아몽 괴트에게
학살은 권위나 절대 권력이 될 수 없다는 비유
"황제는 잘못을 저지른 죄인들을 용서함으로써 스스로
권력을 과시한다"를 던진
쉰들러의 지혜는
영화를 끝까지 지배한 끈끈한 배경이었다.

선과 악이 휘몰아치는 세상에서
사랑이 증오보다 위대하다는 진리를
한 편의 영화로 증명한 스티븐 스필버그 감독의
눈빛에 존경을 보낸다.

만절필동萬折必東

계절은 어김없이 바뀌고
물은 만 번을 굽어도
반드시 동쪽으로 흘러가듯이

가려진 허상 위에
도도히 흐르는 진실이
삶을 지배하는 세상이리라.

Why do not best?

하루를 살면서 중얼거리는 말
눈발이 내리는 새벽에 중얼거렸던 말
겨울비 내리는 하늘을 쳐다보며 쓰다듬은 말
어제 미세먼지 잔뜩 낀 세상 보며 음미한 말

자유롭지 못한 오늘
그래도 봄이 오는 오늘
Why do not best?

할머니 시인들

주택가 담벼락을 사뿐히 내리는
고양이를 보자
앗! 고양이다~~
어린이집 가는 손녀들의 합창에
검은 고양이 네로~ 네로~
할머니의 콧노래가 봄을 알리고

어! 나무에 노오란 꽃이 피었네
산수유네
한 발짝 한 발짝 걸어가는 손자의 손에
꽃말을 쥐어 주는 또 다른 할머니

여백餘白

다만
바람에 지워진 산수유의 흔적이나
꿈틀대며 시간을 이긴 목련이나
강변북로를 노란색으로 물들인 개나리나
개나리 옆 살짝 기댄 진달래를 보기 위한 여백餘白.

산다는 것은
설렘을 꿈꾸는 벚꽃처럼
며칠을 기억하는 여백餘白이다.

참척 慘慽

밤새 내리는 비는
부슬부슬 땅을 적시고
강변북로를 달리는 차는
비의 리듬에 질척이는 새벽
알람을 켜놓고도
소리 한 번 듣지 못하는
그런 하루의 시작이
너를 만나는 1인 시위

꿈이 접힌 너와
너를 기억하는 내가
한 몸 되는 두 시간의 기록 1727일

아직
너의 죽음 앞에
할 일이 너무 많아
울 수 없다.

눈물은 눈물을 낳고

예림이가 호주로 떠나기 전
아빠가 세상에 없다고 알린 날
보고 싶다고
마냥 가슴을 열고
울음을 터뜨린 그날

덥석 안긴 손녀
등만 토닥일 뿐

십 개월이 지나
호주에 다녀온 사돈어른, 사부인의
잘 자라주고 있다는 말씀만으로
밖에서는 어른 짓
집에서는 아기 짓
키가 많이 자라고
언어소통이 원활하다는
전달의 진심이
코스 요리의 맛은 사라지고

애써 지우려는 눈물만이
시간을 잡는 하루

부모라는 책임이
눈물이 눈물을 낳는 사랑.

늑대들

친구를 만나면
거울의 마음을 읽는다

늙어감이 눈앞에 보이고
서로 건강 챙기라는 말로
다독이는 시간

자식들 허리가 안 좋아 걱정하면서도
아내 건강 때문에 더욱 신경 쓰며
몸을 다스려야 한다는 친구.

자식 이기는 부모 없다고
신의 직장 버리고 공부 더하겠다는
둘째 아들을 이해하면서도
지 주유소 페인트칠하다가 오십견이 재발되어
오른손이 퉁퉁 부은 손으로 술잔을 건네는 친구

습관처럼 부르던
조용필의 「친구여」의 후렴도 버린 채
광주로, 세종시로, 서울로 향하는
우리는 집안을 지키는 늑대였다.

기차는 8시에 떠나네

정해진 시간 속에
걸어가는 인생은
어디쯤 가고 있다는
생각이 들어 다행이다

한 판의 계란이
전부라는 걸……
만일 그때 알았다면
그렇게 달렸을까?

꿈이 접힌 너는

한번쯤 오고 싶었다

시범경기였지
오늘처럼 두산의 경기
오재원 선수에게 야구공을 달라던
너의 육성이 기억되는 외야에 홀로 앉아
그라운드를 멀거니 본다.

불투명한 미래의 모습을 상상하게 한 옆자리
맑은 눈빛과 넉살
백구를 가르는 푸른 잔디 속에 감춘 야망을
오늘 보고 싶었다

머리 위에 하늘이 있다는 거
하늘 위에 니가 있다는 것만으로
마음을 담는다.

참 좋은 시절이 있었다

최선을 다하자는 하루가 구차스러워지고
의무감으로 판단이 휘저일 때 만난 친구
가는 세월을 열창하던 모습은
기억의 저편으로 사라지고
커피 한 잔의 시간에도
우리의 이야기 없이
손주 사진을 보이며
미소 반, 눈물 반

간이식하고
투석하면서
신장이식을 꿈꾸는 친구
힘든 시간이 엄습하면
좋은 기억만으로 긍정의 하루를 보낸다면서
만나줘서 고맙단다

바람이 불고
햇볕이 내려쬐는 한강 위
사람 없는 올림픽대교를 혼자 걸어본다
살아 있어 감사함으로.

용서 容恕

누구를 만나든
잘 보이기 위해
포장된 말을 사용했음을 용서해 주십시오

누구를 만나든
멋있는 놈으로 만들기 위해
화끈한 척 이중적 잣대를 숨긴 마음을 용서해 주십시오

누구를 만나든
소중한 인연을 무시하고
새로운 사람만을 찾아다닌 욕심을 용서해 주십시오

바람 불어 떨어진 나뭇가지와 잎들 위에
미세먼지 지우는 비가 새벽을 깨웁니다
미처 깨닫지 못한 때를 씻기는 자연 앞에
도도한 詩를 쓰는 무례를 용서해 주십시오

시안 학 1-27-26

하루하루를 보내다 가야 할 자리
그 자리를 확인하다 보면
아름다운 마무리를 짓고 안착하는 곳
먼저 그 자리에 있다는 것은
치열하게 세상과 싸운 번뇌의 기록
가야 할 자리를 확인하다 보면
착해질 수밖에 없는 연습을 한다

詩의 본질

詩는 뇌에서 쏟아내는
무수한 언어에 덧칠한
마음이 실린 대화
마음이 닿인 기억들을 찾아다니는
끝이 없는 여행

사랑한다는 것은

사랑한다는 것은
늙어 가더라도
세상이 아무리 변하더라도
끝까지 아껴주는 마음이다

레일 바이크

64년을 살아보니
파도가 온다며 해변을 떠나지 않은 유주처럼
이런 하루가 있다는 즐거움은
잔주름이 주는 선물이리라

64년을 살아보니
같은 입장의 아들, 며느리가 시간을 만들어
하루를 보내며
식사자리를 계산한다는 감사의 마음보다는
함께 있어 줘서 고맙다는 아내의 말에
뒷짐을 지리라.

무시無時로

제비처럼 재잘대는 여학생의 입술에
탁구공을 떠먹이는 시간

비상하는 해를 가리기 위해
온갖 힘을 쓰는 한강변 위 구름의 시간

파랑새를 좇다
훌쩍 지나가 버린 세월이 아쉬워
잡아 보려는 행복이라는 시간

환히 비친 달빛 아래
길게 늘어뜨린 무시로를
생각 없이 연주하는 시간들이기를

가을 운동회

어디서 무엇이 되어
만나자는 기약도 없었지만
육십이 지나 백발이 성긴 모습으로
한 번쯤 삶의 구렁텅이에서
허우적거린 선명한 주름살을 훈장으로 달고
따뜻한 눈빛으로 손을 맞잡는 친구들

치열하게 본분에 매달린 학창시절의 추억보다
오히려 살아 있어 만나는 기쁨이 더해지는
넉넉한 운동회는
늙은 줄 모르고
옛 기억을 부추기며 낄낄대는 모습들

친구들
항상 행복을 붙들고
하늘을 보자구.

시월의 마지막 날에

시월의 삶은 어디쯤일까
황금빛 들녘을 물들인 노을이었을까
해질녘 허수아비의 서글픔이었을까
고즈넉한 산사에 부는 바람이었을까

하룻밤의 공연을 위해
온종일을 던져야만 지탱되는 뮤지션들의 행복이나
탁구가 인생의 마지막이고 싶은 나의 바램이나

치열하게 열정을 태워
세상과 싸우는 아름다운 하루가
또, 지나간다.

아내

꽃보다 아름다운 미소로
향기로운 삶을 간직하길 바라는
영원한 마음을
그대는 아는지

변하지 않는 마음을
그대는 아는지

사진

기억의 창고에
보관된 사진들을 들춰 보면
세월의 덫에 묻힌 추억들이
만추晚秋의 낙엽처럼 흩날린다.

행복은 기술

삶의 불행은 운명이고
삶의 행복은 기술이다

해운대 엘레지

아버지 18번 해운대 엘레지를
색소폰으로 하루 종일 연주해 본다
무슨 뜻이 담겼을까?

"언제까지나 언제까지나
헤어지지 말자고 맹세하고 다짐하던
너와 내가 아니냐"

도대체 이 노래를
왜 막걸리 한 잔 드시면
가족들 앞에서 음정, 박자 무시한 채
어눌한 목소리로 불렀을까
생각해 본다

그 시절의 아버지는
잘 생겼다고 생각한 적 없고
존경한 적도 없었는데

"세월은 가고 너도 또 가고
나만 혼자 외로이
그때 그 시절 그리운 시절
못 잊어 내가 운다"

그때 그 시절
우직하고 정이 많은 아버지의 노래는
경상도 사나이의 호기豪氣였을까

이제사 나이 들어
50대 그 시절의 아버지를 회상하니
잘생긴 아버지의 모습만이 선하게 그려집니다.

게이샤의 추억

꿈꾸는 삶을
준비한 사랑 앞에
미소 띤 여인

Professionalism

나를 만나려거든
삼천 배의 절을 마치라는
가야산 호랑이 성철 스님의 불심이나

탁구 레슨을 받는 이들에게
일 배의 예절을 가르침은
고난의 경지를 터득한 존경보다
탁구의 도에 입문하는 자신이
얼마나 대단한지를 바라는 스승의 마음이나

사람의 향기가 그리울 때
한 잔의 술로 마음의 배려를 받곤
술값을 내는 것이나

빚을 지기보다 털어버리는
한 잔의 술값이 주머니에 있는 오늘 밤
계산할 수 있어 참 좋다

하루를 맞는다

언제 죽어도 호상好喪이라고
하루하루를 살았건만
달라진 거리의 문화가
마치 죄인처럼 다가와
안경의 눈 서림에도 불구하고
마스크를 착용하는 순응의 삶이
침묵의 소리로 공간을 울리고
요동치는 경제 논리에
욕망덩어리 주식은 연일 파란불로
공포심을 조장하는 혼란 속에서도
핸드폰을 주머니 속에 꽉 넣고 하루를 맞는다

언제 그랬냐는 듯
마음의 생채기가 나이테를 만들었고
누구나 한번쯤은 겪은 아픈 기억들이
겹겹이 새겨진 주름살이 되어
훈장처럼 달고 다니는 얼굴에서
하회탈처럼 놀 줄 아는 내일의 미소를 그리며
하루를 맞는다.

COVID -19

겨우내 온 세상을 뒤덮어 버린 COVID -19 때문에
선비의 간절한 마음마저 빼앗아 버린 매화의 기품도,
개나리 필 때쯤 콧바람이나 쐬자던 희망도
사라진 하루하루 속에
숨 죽여 기다리던 벚꽃의 향연을 보면,
한 신사를 흠모해 험난한 세상 속 게이샤의 길로 뛰어든
장쯔이의 영롱한 눈동자와 맞물린 화양연화花樣年華
그 꽃잎처럼 날리는 바람에
아쉬운 세월을 기억할 뿐

생각보다 심각한 사회적 거리 두기에도 아랑곳없이
고귀한 목련이나
사랑을 듬뿍 쏟아내는 철쭉이나
담쟁이 옆에 살짝 핀 민들레나
태양을 좇아 달려드는 좀비처럼
진달래꽃이 유혹하는 오늘

난, 그래도 내일을 기다린다.

약발

탁구장에서 수년간 탁구 코치를 하던 분이
조심스럽게 실력을 평가받고 싶단다

두 번의 게임 끝에
레슨의 필요성을 말하자
등록하고 열심히 배운다

식당에서 우연히 만났더니
감이 왔단다
너무 쉽게 가르쳐서 고맙다는 인사에
아닙니다
회원님이 간절히 바란 부분이
수없는 시간이 흘러
지금 닿은 것뿐입니다

선무당이 사람 잡는다고
잔소리 한 방이
어느 사람에게 기쁨이 되니
말을 줄여야
욕을 덜 먹겠다는 생각이 듭니다.

행복의 기술 Ⅰ

탁구 레슨이 끝나자
부부갈등으로 마음고생이 심한 제자가 묻는다
행복하게 사는 방법이 무엇인지?

숨을 쉬고 있다는 사실에 감사해 보았는지?
어제보다 나은 체력을 가진 사실에 기뻐해 보았는지?
아들 둘을 선물한 아내 덕분에
여백의 아픔들이 성숙을 지피는
그 젊음의 시간들을 가졌다는 행복을 그대는 아시는지?

행복의 기술 II

가진 것이 많은 줄 알고
포장할 때보다
가진 것이 무언지 알 필요 없는
지금의 소박한 삶이
행복인 것을!

고독을 깨우는 탁구

가르친다는 것은 습관이고
탁구 게임도 일상이 되어 버린 요즘
COVID -19처럼
조심스런 변화가 일어난다
사각 팬티 대신 꽉 조이는 삼각 팬티로
긴 반바지보다는 짧은 반바지로 무장하고
땀 닦을 큰 수건을 준비한다
배울 때 그때처럼

흐린 마음에
적당히 게임을 대처하는 안이보다는
한 점, 한 점에 정성을 쏟아
두고, 두고 아쉽지 않는 한 점의 기록을 남겨야 한다

빠르게 지워지는 하루 앞에서.

데자뷰

그때 습관적으로 쳐다본 여자의 엉덩이는
바지 뒷주머니의 배경일 뿐
돈을 벌기 위한 집념뿐으로
관능이 보이지 않았어

지금 눈길이 가는 여자의 엉덩이는
신이 준 선물을 만끽할 뿐
여전히 다우지수 쳐다보고
열심히 뉴스를 접하는 것은
언젠가 만날 로또를 꿈꾸는 하루하루들이
그때와 다르지 않아

가까이 있는 행복

큰아들 생일날
너무 열심히 세상을 살다가
즐거운 인생을 잃어버린 안타까움 때문에
소리 없이 눈물을 짓던 아내가
자식이 좋아하는 음식을 준비해
산소에서 함께 아침을 먹자던 소박한 생각이
제법 내리는 비를 만나자 속상해 하더니
눈치 챈 큰아들이
시원한 바람과 햇볕을 선사했다며 좋아하면서
한 발 더 나아간다
늘 반장 질 하면서 잘난 척하는 아들이
"아마도 이 무덤가에서도 호령하며 살고 있을 거라고!"

COVID-19 때문에
부득이 중학교 수업을 온라인으로
탁구 강좌를 준비하다 보니
동영상 다운로드가 어려워
자존심을 버리고 제자에게 물으니

열심히 설명을 마친 제자가
초등학교 때부터 컴퓨터를 즐겨 사용했지만
시스템의 잘못이 있다며
슬쩍 나의 무지를 위로한다
한 발 더 나아가
집에서는 넷플릭스가 되는데
왜 탁구장 TV는 안 되는지 묻자
구형이라 그렇다며
간단한 기계만 사서 부착하면 사용 가능하단다.
사치스런 비용이라 알았다며 포기했는데,
어제 저녁에 탁구장 TV에
넷플릭스 장치를 달면서 핸드폰 기능을 설명한다
왜 그랬는지 묻자 취미란다.

어제는 돈보다 더한 탁구 레슨을
단단히 무장하여야겠다는
훈훈한 사명감이 감도는 밤이었다.

세상 사는 이치理致

딸만 일곱 낳아 기른 아버지의 밥상머리교육은
절대 남에게 얻어먹지 마라!
특히, 남자에게

일곱 딸 고등교육 잘 시켜 곱게 시집보내고
돌아가실 땐
넉넉한 유산까지 물려받다 보니
존경하는 아버지의 무언無言의 말씀
아직도 정곡正鵠을 찌른다고

얻어먹다 보면
네가 줄 것이 무엇이니?

오래 보고 싶은 사람들

오랜만에 장세척하고
이틀을 먹는 듯 마는 듯 지내보니
음식이 그립고, 소중하고

밤새 쏟아지는 빗소리에
여름날들의 기억을 부추길 때나
용종 6개를 떼어냈다는 의사의 말씀이나
그리 닿지 않음은
늙어감이 아니라 익어가는 몸뚱이의
자연스러움 아니겠나.

열심히 일하며 돈을 버는 것은
쓰는 기쁨을 주는
오래도록 보고 싶은 사람들의 눈빛 아니겠나.

그린 마일

언제 죽어도 호상이라는
오십 대의 생각이
그린 마일 앞에서 유효한지 묻는다

무탈 없이 살겠다는
육십 대의 작은 소망이
욕심이었는지
그린 마일 앞에서 또 생각한다

한 번뿐인 인생에서
나다웠는지
흔들리지 않았는지
그린 마일 앞에서 기도한다.

그래도 친구여서 좋다

가로등에 비친 은행잎이
살짝 물들어 가는 저녁녘

약속 시간보다 일찍 도착하여
야탑역 주변을 배회하며
오랜만에 만나는 흥분을 즐긴다.

우리들의 술잔은
여전히 자식 걱정

그런 아버지들을
테스 형! 하며 노랫말을 짓는 나훈아는
아버지 무덤가에 제비꽃을 본단다.

기억의 창고에서 멀어져만 가는
우리들의 술잔이지만
그래도 친구여서 좋다.

친구

낙엽 떨어지는 걸 보니
니 생각이 난다.

퀸스 갬빗

편견이 심한 남성들의 세상에서
체스의 정상에 서기까지
한 여성의 어린 시절
운명적인 삶의 이야기를
실타래 풀 듯 보여주는
퀸스 갬빗의 눈빛 연기는
시종일관 영화에 몰입하게 만든 감독의 전략이었을까?

어느 인생이나 뒤돌아보면
정답 없는 길을 즐기지 못하고
최선이니, 진실이니, 성실이니……
따위의 수식어로
삶을 얼마나 자학했던가?

이름을 지어준 할아버지나
이름을 세상에 남겨야 된다는 아버지나
포기하지 말라는 어머니나……
다, 지금은 하늘나라에 계시건만

아직도 몸에 배어 습관처럼 행동하는
꼰대의 시각에 비친 퀸스 갬빗은,
취미가 직업으로 바뀐 체스에
본능적으로 갖춘 완벽한 성격과
환경적인 불행에 순응하고
대처하는 생존 본능이나,
한순간 사춘기의 방황이
오히려 어린 시절 원우의 따뜻한 우정과
사부의 애틋한 사랑의 기억으로 치유되는 모습에서
감동을 자아낸다

체스는 여느 스포츠와 마찬가지로
집념을 넘어 미쳐야 갈 수 있는 여정이지만
이 나이까지 살아 보니
묘한 여운을 풍기는 퀸스 갬빗에게 응원하게 된다

피하지 못할 거라면 차라리 즐겨라!
피하지 못할 거라면 차라리 놀면서 즐겨라!

친구에게

어제는 둘째 아들 내외와 손녀가
생일을 축하한다며 찾아온 날의 한강은,
순백의 눈발로 치장되어
마음까지 자연 속에 동화되는 느낌이었어.
육류를 좋아하는 습관을 잠시 지우고,
가락시장 수산물센터에서 공수한 낙지와 해삼
그리고 냉동새우로
식사를 준비하는 아내의 정성은,
생일상을 차리는 의미보다
아들 가족을 챙기는 마음이 남달라
눈빛과 동작이 어찌나 부드럽고 빠른지
늘 아들보다 뒷전이 되어 버린 질투가 엊그제가 아니건만,
손녀가 할아버지의 얼굴에 하트 열 개를 그려
생일 축하한다는 그림 한 장에 마음이 홀린 하루였다오!

우리 건강하여
이렇게 첫눈이 하얗게 만든 동화 속의 세상처럼
마음을 오래도록 주고받는 우정을 만끽하세.

푼수

손녀가 온다고
뽀로로 보리차를 사러 가는 길에
스미는 군고구마 냄새는
만홧가게에서 갓 인쇄된 만화책을 읽고 난 후
쿠폰을 모아 흑백 TV에 중계하는
김일 선수의 박치기에 매료된 시절이 떠오른다

금호동 산 14번지 돌산에서 내려와
퇴근하는 엄마를 우산을 들고
반짝거리는 눈으로 기다리는 155번 버스정류장
비오는 날 반찬거리 구하는
엄마의 모습은 사라지고
유독 과일 냄새만이 기억되는 금호동시장

그때 엄마보다 늙어 있는 오늘
유주가 좋아하는 음료수 덕분에
웃고 있는 내가 좋다.

결혼기념일은 까먹어도.

욕망慾望의 주식

5일을 웃자고
360일을 가슴앓이하는
주식이 변해 간다.

투기가 아닌 투자로
맹목적인 소유의 집에서
현실적으로 꿈을 찾아가는
비트코인의 순기능처럼.

바람이 부는 대로
흔들리고 싶지만
마스크가 막는다.

시간이 아무리 흘러도

추위가 기승을 부리고
폭설이 쏟아지고
그 폭설을 씻겨 내리는 비가 오고 난 후
허연 염화칼슘의 흔적이
너를 생각하는 나의 마음이다

아프고 아파서
눈 감고 입 다물지만
연신 빗자루를 품고 지낸다

시간이 아무리 흘러도
지울 수 없는 네가 나타나면
시야가 흐려진다
오늘이 또 그런 새벽이다.

비움

삶이 아름다운 건
죽음이 있기 때문이다
묻힐 자리 찾아갈 때마다
욕심 한 묶음 내려놓기 때문이다

하루 살기

항상 곁에 있을 거라는
맹신盲信으로 하루하루를 보내면서
감사하고, 소중해서
사랑한다는 말 한마디 아껴두고
술로 표현하는 미련을 버려야 합니다

언젠가는 떠날 사람이고
이미 가버린 사람의 기억마저
옅어지는 오늘을 살면서
벙긋거리는 붕어의 지혜를 닮아야 합니다

"만나고 싶습니다!
 좋아합니다!
 사랑합니다!"

회상回想보다는
즐거운 하루의 노래를 배워야 합니다

벚꽃이 전하는 말

어여쁘게 화장한 여인의 눈망울처럼
검정색 범퍼 위에 내려앉은
햇빛 머금은 벚꽃들을 보니
십여 일의 축제를 위해
일 년을 준비한 눈부신 꿈들을
꼬옥 기억하란다

허투루 보지 말고
기다려야만 사랑이 핀다는 믿음을
꼬옥 기억하란다

초지일관初志一貫

신뢰가 무너지면
모든 게 무너진다
살아온 것을 부정할 수 없듯
삶은 되도록 자연스럽고 단순해야 한다
어떤 변화가 궁극적窮極的이거나
충동적일 수 없다는 것이 일관된 자세다
말은 한 번 뱉으면 담을 수 없고
사과의 의미는 궁색한 변명에 불과하다
최선을 다하며 하루를 살고자 한다
이제껏의 삶에 후회하지 않는다

잠시 스친 시간은 지워야 한다

반추反芻

콩 하나를 쪼개어 아홉이 나눠 먹는다는
어머님의 말씀이나
큰아들이 잘되어야 집안이 산다는 아버님의 말씀에
묶여 버린 가족

거짓은 덮고 진실에 눈 감은
살아온 60년의 삶을 반추反芻한다.

파도가 그랬듯이
그 밀물에 부딪치는 포말泡沫처럼
무거운 침묵은 세월 앞에 버리자고
부끄럽지 말자고.

주책없이 쏟아지는 눈물에
말은 어눌했지만
진심은 통하더라
사랑이 그렇더라.

나빌레라

어릴 적 간절히 원했던 꿈이 이루어졌다면
지금의 행복이 배가됐을까

산다는 것은 더러 완전치 않을 때
현실에 갇혀 꿈이란 단어가 낭만처럼 느껴질 때
무엇이 최선인지 모르면서
열심히 하루하루를 고민한 때

그러한 때가 숙성되면
비록 얼굴에 흐릿한 눈빛과
어눌해진 말투의 계급장이 달리지만
마음만은 흙에 묻히고픈 순수가 피어난다

삶의 무거운 짐이 한 꺼풀 내려질 때마다
기다림의 미학이 조급함을 버렸고
땀은 노력을 배신하지 않는다는 믿음이
가족과 친구를 만들었고
어느 순간 네트의 높이가 사라지고

수만 번의 스윙으로 한 동작의 완성이
머리가 아닌 몸이 기억하는 탁구를 알았으니

만일 그때 간절히 원했던 것들이 이루어졌다면
지금의 행복이 배가됐을까.

만남의 선별 작업

시간 낭비하지 않는
만남의 선별은
이사를 할 때
과감히 버려야만 되는 소품처럼
많이 가지려는 인맥人脈의 욕심도
울부짖는 화장터 이별의 아픔을
지우기 위해서는
가려야 한다

햇살이 빛나는 하루

동틀 녘 잠에서 깨어나
바람이 이는 한강변
하늘과 구름을 바라보는 것

해돋이를 생각 없이 넘겨 버리는 일상들

아침을 준비하는 아내의 도마 소리

탁구가 인생의 마지막이고 싶은 출근길

어쩌다 연습하는 색소폰 소리

인연으로 만난 소중한 분들과 나누는 담소談笑

어둑어둑해지는 밤길
머리 위에 총총히 빛나는 별들

살아 있음에 만나는 소소한 일상은
돈으로 지탱할 수 없는 사랑이더라

동병상련同病相憐

살림에 보탠다고
한자리에서 이십 년이나 장사한 아내가
본업으로 돌아와
옷장을 정리하다 큰아들의 예복이 보이자
소리 없이 울음을 쏟아낸다.

사랑하는 가족이 온전히 순서대로
하늘로 갈 수 있다면 행복이겠지만
어차피 피할 수 없는 이별인데
비움의 지혜를 알았더라면……

먹먹하고 미어지는 가슴을 외면하고
일터로 돌아서는 하늘엔
목젖에 젖는 슬픔이 폭염에 가려
땀방울이 맺힌다.

큰아들 7주기에 보내는 편지

큰아들 잘 있니?
너의 주검 앞에 눈으로 확인하는 검시와
의학 드라마에서 본 듯한 부검의 의미도 모른 채
죽음의 실체를 밝히기 위해
이라크에서 한국으로 너를 싣고 국립과학수사연구소로
부검하기까지 이십 여 일의 행적은 엄청난
고민과 관습에 싸웠다.
어떤 일이 닥쳐도 후회하지 않기 위해 최선의 결정은
인내하며 냉정하게 행동하는 것으로 다짐하며
겪지 못한 삶의 행위를 철저한 고독과 너를 사랑한
애비의 책임만으로 뚜벅뚜벅 걸어온 시간이
7주기가 되었다.
견우와 직녀가 오작교에서 만나 애틋한 사랑을
확인하는 칠석 다음날 백중기도를 드리는
불자들 앞에서 너의 제사를 지내고 오후에는
시안으로 성환, 승민, 유주와 함께 다녀왔다.
"아들이 없으면 며느리도 없다"는
만고의 진리 앞에서도
혹시나 마음이 돌아왔을까 싶어

다녀간 흔적을 확인하지만
부질없는 짓이라 판단하고 네가 사랑한 가족이기에
너의 능력만큼 살아갈 수 있도록
시부모의 역할을 다하였기에
서운한 마음을 접기로 했다.
하지만 너를 생각하면 출렁거리는 심연의 바다에서
허우적거리는 애비임을 기억하라.
사후세계가 없다는 믿음을 갖고 있지만
혹, 만나진다면 불효자의 행위에 대한
엄벌을 각오해라.
먼지로라도 서로를 알아보길 빈다.

습관習慣의 기억

술을 마실 땐 모른다
깨고 나서야
객기 부린 사실을 안다

항상 운동신경이 좋다는 자만이
깜박이는 푸른 신호등을 보고 주저 없이 뛴다

발이 꼬인 사실을 잊은 채
꽈당
하늘에 별이 몇 개인지
안경테 날아가고
주을 겨를 없이 번쩍거리는 불빛들에
살아야겠다는 본능에
간신히 횡단보도를 빠져나온 순간
달빛 가린 밤이어서 다행이다

취해도 창피함을 아는지
먼지 털털 털고 아무렇지도 않게 아파트로 향하지만

뭔가 아프다는 취기의 느낌이
8개월이 지난 지금도 광대뼈를 가끔
만지작거리는 습관이 배였다

아스팔트에 만세 부르며
배구공을 블로킹하듯
얼굴을 지켰다는 사실만으로도
품위 유지한 그날의 기억 때문에
맨정신으로도 절대 뛰지 않는
잰걸음으로 하루하루를 보낸다.

습관은 당해 봐야 고친다.

빈대떡 신사

복면가왕에 등장한
빈대떡 신사는 예사롭지 않다

허스키한 저음에서 나오는 바이브레이션이
언뜻 듣기에는 노익장의 객기처럼 느껴지다가
점점 익숙해지는 완숙미에 끌리다가
결국은 탄복한다

노래는 이런 거라고
누구와 경쟁이 아니라
대화처럼 끌어당기는
내면 깊숙한 삶의 장면을 여과 없이 보여주면서
나 쟈니리야! 한다.

내 판단이 맞다면
무려 62년째의 가수가 세월의 무게보다
왜 내가 이 직업을 가졌는지 증명한다.

나이는 숫자에 불과하다는 말은
끊임없이 자신을 담금질하며
직업에 최선을 다한 자에게
주어지는 특권처럼 보인 오늘

긴 하얀 스카프를 내려뜨린 노익장의 가수처럼
탁구가 내 인생의 마지막 선물처럼
오래오래 오늘이고 싶다.

비 맞은 길상사

움켜쥔 것을 모두 길상사에 기부한
자야의 영혼 속에 흠모한 한 남자
백석을 그리워하며 던진 말 한마디
"내가 모은 재산은 백석의 시 한 구절보다 가치가 없다"

파도가 들썩이고 눈이 소복소복 쌓이고
속절없이 가슴이 내동댕이치는 세상살이 속에서도
백석이 던진 말
"나는 나타샤를 생각하고
나타샤가 아니 올 리 없다
언제 벌써 내 속에 고조곤히 와 이야기한다"

무소유 법정 스님의 글에 감명받은 자야는
기생들을 교육시켜 번 돈 전부를 기부하고
어렵사리 요정의 대원각이 길상사의 사찰로 바뀐 오늘
자야와 법정 스님은
각자의 모퉁이에서 흔적을 남기면서
미소로 답한다

자야의 영혼 백석이 함께하는 담벼락에
무소유 법정 스님의 인연으로
역사에 기리는 길상사 태동의 전설이
뭇사람들에게 회자될 테니

D(deserter) & P(pursuit)

한국 콘텐츠가 뜨는 이유는
인간의 본질 속에 숨어 있는
존중과 배려의 문화를
실타래처럼 풀어내는 탁월한 기술이
감동으로 전달되기 때문이다.

헌병대의 군무이탈 체포조의 일화를
6부작으로 다룬 독특한 소재는
한국의 남자라면 그 시절의 추억을 소환하게 만들고
습관처럼 배어 있는 구타의 병영문화가
얼마나 삶 속에 상처를 남겼는지
무거운 마음으로 드라마에 흡입된다.

구타 없는 군 생활을
끝까지 밀어붙인 그때가
뿌듯하면서도 그리워지는 것을 보니
나이 먹고 있다는 증거다.

심지心志

아무리 비바람이 거세게 불어도
나무의 나이테 깊숙이
심재心材가 중심을 잡아
흔들림을 줄이듯이
살아가는 하루 속에
심지心志가 박혀 있어
선한 세상을 봅니다.

산다는 것은

산다는 것은
달빛에 비친 잔잔한 바다 속으로
뚜벅뚜벅 하루를 걸어가는 기록이다.

설핏 나를 본다

봄, 여름, 가을, 겨울
겨울, 봄, 여름, 가을
가을, 겨울, 봄, 여름
여름, 가을, 겨울, 봄

설핏, 나를 본다.

낯선 나를 본다

검정색 티에 묻은
흰 머리털과 하얀 코털
어디서 묻었지?

낯선 나를 본다.

색즉시공色卽是空, 공즉시색空卽是色

변명 찾기에 궁색한 애널리스트에게
조언한다.

색즉시공色卽是空, 공즉시색空卽是色이라고.

눈빛이 시詩야!

탁구를 배우겠다고
찾아온 인연으로
첫 술을 마시는 오후

조심스레 한 잔
습관으로 한 잔
취하면서 한 잔

술이 술을 마시면서
주변의 소리는 무뎌지고
건배 잔을 나누는 얼굴마저 사라지고
입도 다문 채
단지, 선한 눈빛만이 침묵의 이야기를 나누다
툭, 한마디 뱉는다.

눈빛이 시詩야!

호우시절好雨時節

살아 있다는 생生
존재한다는 물物

살아 움직이는 오늘이
호우시절好雨時節

달팽이의 하루

왼쪽 콧구멍을 쑤셔
PCR 검사를 받고 난 후
의심의 반나절을 견뎌서
찾아온 안도의 호흡은
불신의 벽을 무너뜨리고
다시 사람에게 따듯이 다가가는
달팽이의 하루

하루가 슬어놓은 언어의 홍수에서
겸허히 뇌는 쉬지를 못한다.

나의 아저씨

보잘것없는 삶을 살지만
그래도 한두 명에게만이라도
좋은 사람이었다는 소리를 듣고 싶다

박하게 사는 세상이지만
사람을 알게 되면
밉지 않은 얼굴이 나에게도 있다는
소중한 인연에
그래도 살아 볼 만한 게다

보잘것없는 삶을 살지만
정성과 배려가 깃든 사람 냄새에
한 손으로 주먹을 꽉 쥐고 파이팅을 외친다.

파주

자연을 가꾸어 꾸민 벽초지 수목원을 보니
이름 모를 꽃들의 축제에 흠뻑 젖는다

파주라는 이름은 듣기만 하여도
한 번쯤은 발비닥이 닿은 군 시절의 기억이지만
전혀 기억이 나지 않는 어르신이 되어
모자가 어울리는 나이로 변했지만
그 시절 면회 오던 처자는
여전히 곱게 늙어
자연을 노래하는 시인의 모습으로
사진 한 컷, 한 컷에 정성을 쏟는 모습에
흐려진 추억이 떠오르고.

삶은 이렇게 흘러가면서도
나이 듦에 섧지 않음은
추억이 가슴에 불을 지피기 때문이다.

세상에 공짜는 없다

고마움을 표시할 때는
내 마음을 알아주겠지 하는
진심 어린 눈빛을 애써 보이려 마라
하얀 봉투에 시詩 한 줄 담아
슬며시 상대의 주머니에 넣어주라

대가代價를 지불할 때는
계산서에 팁을 주라
고개를 숙이면서.

세상에는 공짜는 없다.

화양연화 花樣年華

한 치 앞도 보지 못하면서
불안한 미래를 가슴에 품고서도
당당하게 밀릴 수 없는
객기가 있던 그 시절이 있었지.

면회 온 여친을 기다리게 만들면서
하고 있던 족구, 축구 시합을 끝마치고
후딱 세수하고 면회장으로 가는
호기를 부리던 그 시절이 있었지

머릿속의 생각이 현실이 되어
바지 샘플 만들어 이대 앞 옷가게를 후비던
그 시절이 있었지.

일이 전부인 때
계집아이 엉덩이만 쳐다보며
절묘한 힙의 곡선을 살릴 재단법과
디자인 전쟁으로 빠져들었던 그 시절이 있었지.

돈만 번다는 것이
그렇게 의미가 없다는 생각이 들어
모든 것을 지우고 탁구만을 생각하던
사치스러운 그 시절이 있었지.

더이상 망가질 게 없다고
앞으로 10년에 한 권씩 시집을 내라고
권유하는 친구들에게
비브라토가 어렵다고 투덜대며
독학으로 배우는 색소폰의 작은 울림처럼
건강한 마음으로 사람과 소통하고 싶은
이 시절도 분명 화양연화花樣年華일 게야.

제라늄

오미크론으로 지친 일상에서
탈피하고픈 마음인가

봄을 맞이하는 예의인가

제발 무욕의 삶으로 돌아가자는 애원인가

예쁜 화분을 차에 싣고
외곽 화원을 찾는다

수수한 제라늄의 붉은 꽃에
눈길이 닿아 분갈이하여
한강의 햇볕이 가장 잘 드는 베란다에 두고
며칠을 보면서 행복했지만
이내 시들해 꽃이 저버렸다.

봄의 생채기인가

단맛에 젖은 꿈을 반성하니
여름 되어 한 송이,
한 송이 꽃이 자리를 잡는다.

들에 핀 무수한 꽃보다
가슴에 핀 제라늄이 사랑스러워 인사한다.
우리 안녕하자고.

맑고 향기롭게

법정 스님의 길상사 창건 8주년 기념 법문에
"맑고 향기롭게"라는 화두에 꽂힌다.

대쪽 같은 스님의 삶을 투영해 보면
"맑고 향기롭게"라는 화두가
결코 과장됨이 없이 일생을 건 행적이었으니
밤새 잠자리를 설치면서 하루를 지배한다

직진 같은 철길이
좌, 우, 유턴을 거쳐 목적지에 도착하는 과정이나
종착역을 보고 싶지 않은 삶의 욕심에서
부러움의 화두에 답한다

한결같이
맑고
향기롭게
살겠노라고

이제부터.

우리들의 블루스

바람 같은 아버지와
땅 같은 어머니가
나를 키웠다는 사실이
이 나이 되어 보니
결코 쉽지 않은 삶의 타래를
모범답안지 풀어내듯
세상사를 깔끔히 정리하신
깊은 정신줄에 머리를 숙입니다.

순리대로 살 수 없는 세상에
묵묵히 감사하며 살아볼 만한 곳이라며
끈질기게 삶에 애정을 던진
그때의 부모님의 나이가 되어 보니
흔들림 없이 제 정신줄로 산다는 행복에
꾸벅 절을 올립니다.

그래도 난, 가을을 기억한다

듬성듬성 핀 갯벌의 단풍,
칠면초의 군락群落도 순식간에 날려 보내고
출렁거리는 밀물로 세상을 덮어 버리는 석모도
마니산의 기氣가 스며든다.

문명의 이기利器로 물든 불빛들이
고독을 숨기려 그림자를 만들지만
쓸쓸한 가을은 어쩔 수 없이
바닷속에서 비친다.

난, 그 불빛을
바라볼 뿐이다.

동강에서

어둠이 몰고 온 밤하늘의 별을 보려고
새벽녘 반달의 외사랑의 사연을 들으려고
촉촉 젖은 자갈밭에 덥썩 앉는다

강물은 높은 곳에서 낮은 쪽으로
암벽을 만나면 우회하며 제자리를 찾고서는
물안개를 피우며 유유자적 흐르는 동강의 새벽녘

갈지자를 그리는 새떼들의 군무群舞를 보니 섬뜩해지며
호사스러운 집을 두고
카라반에서 일박하는 이유를 굳이 찾는다.

언젠가 만날 고독을 연습하자고.

원대리 자작나무의 기억

솔잎 흑파리의 피해로 인해
소나무를 벌채한 아픔 속에 탄생한
약 70만 그루의 자작나무를 감상하는 데
걸리는 세 시간의 기다림은
가야산 호랑이 성철 스님을 뵙기 위한
삼천 배의 깨달음처럼
적당한 타협의 거리에
툭, 늘어뜨린 자작나무의 숲길은
더러, 외로움을 즐기라고
더러, 이국적 모습을 보라고
맨질맨질한 표피가 마음을 포장한다.

인제 원대리 자작나무 명품 숲은
아픔을 승화昇化한
기다림의 혜안慧眼으로 만들어진
치유의 향을 맡아보니
종교 위에 자연이 있고
자연 속에 사람들이 보여
더 겸손하라 한다.

카타르 월드컵축구 16강 대한민국!

한국이 쏘아 올린 16강!
꿈의 소망이 이루어진
카타르 에듀케이션 시티 스타디움

2002년 안방에서 이루어진 4강이
홈의 텃세에서 기적을 만든 성원이
투지, 정신력으로 치부되었다면
오늘 16강행은 그때의 기적이 승화되어
골 결정력 부족이란 무수히 들었던 한마디를
인내와 믿음으로 점유율도 밀리지 않은 채
세계인이 지켜보는 앞에서
또다시 당당히 강호 포르투갈을 이긴 대한민국!

무슨 수식어가 필요할까?

전쟁의 상흔傷痕에서
변방의 가난에서 벗어나
반도체와 이차전지 배터리로

세상과 경쟁하는 불굴의 혼으로
거듭나고 있는 우리나라는
기다리고 기다리며 서로 포옹하는 눈물의 나라
진인사대천명盡人事待天命의 나라로
오늘만은 노래한다.

중요한 건 꺾이지 않는 마음

세계 축구 1위의 브라질과
내일 새벽 4시에 경기하는 한국 축구.
당돌하리만큼 강한 MZ 세대처럼 쫄지 않는다
더이상 잃을 게 없다고 뺄는다

열망하던 16강의 목표를 이룬 순간
태극기에 적힌 말
"중요한 건 꺾이지 않는 마음"

성취감에 젖어 있을 때
다음 상대를 생각하고
승부를 즐기는 비장함의 말

젊은 그대들의 열정에
뜨거운 가슴으로
꺾이지 않는 마음으로
신나게 박수 칠게.

친구를 만날 땐

삶이 익어감에 따라
장가보낸 자식에게 보이는 단점은 눈 감고
장점만을 슬며시 늘어놓다 보니
집에 자주 찾아오고
며느리의 애교도 깊어지는 걸 보면서
아내에게 더욱 감사의 마음을
입으로 자주 표현하는 요즈음

한 해를 보내며 그 의미를 생각하는 12월
소중한 친구를 만날 땐
아무리 허물없이 서로를 인정하며 오래 지냈지만
나이 듦에 생긴 서러운 고집을 버리고
살아온 삶을 격려하고
가족처럼 격식을 조금은 가지면서
건강을 챙겨 오래 볼 수 있는 우리가 되자고.

봄이 오는 길목에서

옷깃을 세우던 날씨도
슬며시 봄의 전령 앞에 꼬리 내린 척
황사 낀 하루의 의미를 버린 채
살아 있는 자의 축복을 괜스레 미안해 하듯
우리들의 이야기로 잔을 주고받는다

늘 돌아오는 계절이 절박하지 않았지만
새로워지는 공기와 마음을 커피 한 잔에 달래고
질퍽거리는 황톳길에 애써 밟고 나서는
신발의 묻은 때를 언 눈 속에 비비면서
살아온 날을
살아갈 날을 생각한다.

깨끗지 못한 얼굴을 비누칠하듯
지워 버리고 싶은 기억을
못내 삼키는 삶의 여정에서.

트롯과 정치

트롯이 인기인 것은
세상사 사연들을 지키면서
조곤조곤 감정선을 지키면서
반복되는 가락에 절로 마음이 휘둘리고

정치가 시들한 까닭은
눈앞에 보이는 권력을 잡으려고
놓을 줄 모르는 욕심 덩어리들이
삼삼오오 집단을 이루어 조폭처럼 법망을 휘두르기에.

물질 위에
권력 위에
진정성이 사람을 대하는 예의인 것을

다낭, 호이안

그 시절로 돌아갈 수 있다면
오늘이 돌아올 수 있다면
눈을 감고 천천히 쳐다볼 걸

지구본을 돌리다 찍은 자리
다낭, 호이안
형형색색 중에
태양을 닮은 붉은색이 어울리는 도시

코코넛 커피, 스무디가 일품인 콩카페
가장 긴 케이블카로 프랑스 고성들을 체험하는 바나힐.
손오공의 무대가 된 오행산
밤배를 타고 가족의 건강을 비는 소원배의 올드타운.

그 시절로 돌아갈 수 있다면
오늘이 돌아올 수 있다면
눈을 감고 천천히 쳐다볼걸

은사님

언제나 그 자리 연단에서
흐르는 물처럼 말씀하시던 40대의 선생님이
적당히 귀먹고 치매가 진행 중인
90대의 해맑은 아이의 눈빛으로 변한 모습에
미래의 내 모습일 거라는
섬찟함이 충격으로 닿은 하루

스승의 날
재롱 피우려던 무수한 말들이
입 안에 갇혀 버렸다

만남의 예의禮儀

젊은 시절의 약속은
뜸들일 틈이 없었는데
점점 더 타이밍이 어려워진다

내려놓아야 할 시기에
내려놓지 못한 미련 때문인지
만나려면 이것저것 생각이 많아지는 걸 보면
분수를 아는 게다

이발을 하고
어울릴 만한 옷을 입고
먼저 도착하여
따스한 미소를 받을 준비를 하니
마냥 즐거워진다

오늘은 있어 줘서 고맙다고
꼭 얘기해야겠다.

마음을 추스르는 공식

파도에 휩쓸리는 자갈 소리 =

면벽좌선面壁坐禪
+
고해성사告解聖事
+
주기도문主祈禱文
+
이 뭣고

발자국 소리

황야를 달리는 말발굽 소리가
출근길 지하철 계단에서 들린다
다닥 다닥 다다닥

어제와 다른 오늘이기를 바라는
희망고문希望拷問의 소리

세상 사는 이야기

어미가 물고 온 먹이를
입만 벌리면 먹여주던 둥지처럼
태어난 세상은 가벼울 줄 알았다.

내가 아는 것이 전부라고
그렇게 살았다고
큰소리쳤던 삶의 덩어리가
적어도 돈 앞에서 통하지 않는다는 거
많이 버리고 나서 깨닫는다

내 생각과 네 생각이 다르듯이
어느 하나 같은 것이 없는 이치들에
겸손할 수밖에

주어진 대로 살자면서도
연신 시장에서 쏟아내는 정보를 쫑긋거리며
품위유지비를 지키자며
안달하는 하루.

두보杜甫나 이백李白처럼

산다는 게 만만치 않은데 눈물이 난다
죽은 자는 말이 없는데
산 자는 사치스런 감정을 마법 같은 술의 힘으로
응어리를 쓰다듬을 수밖에

조탁彫琢의 두보杜甫나
일필휘지一筆揮之의 이백李白이나
삶 속에 생각을 던지는데
참척慘慽의 슬픔은
한가위의 달도 품을 수 없네

결코 우연은 없다

툭툭 치니 그림이 되고
똑똑 마음을 건드리니 시詩가 된다는
표현은 가당찮다

한 편의 그림이 완성되기까지는
숱한 번뇌를 다잡고
정화수를 올린 후
필살기의 간결함을 던질 터

한 편의 시詩가 태어나기까지는
물을 마시듯이
때를 밀 듯이
기억의 창고를 버릴 때처럼
말을 뱉기 직전 9개월의 아이 손짓처럼
기다려야 쉬운 말이 그려진다

마치 운동선수가
연습했던 땀 흘린 무수한 시간들을 잊고

많은 관중 앞에서 보인 한순간의 연기를
노트북에서 복기하는 믿음에서
신기록이 탄생하듯

결코 우연은 없다.

최백호

시냇물 같은 모습으로
흐르는 강물이었다가
잠시, 폭포수를 만나
깊은 바다를 마냥 허적이는 노래들

돌아와
잔잔히 마음속을 헤집는
가을의 가수.

놀아줘서 고마워

내 죽어 듣고 싶은 한마디는
놀아줘서 고맙다는 말

함께 술을 나누지 못하지만
오늘 하루쯤은 잠시 나를 생각하며
한 잔 드시게나.
살아 보니
영혼이 있다는 생각은
미련이고
그냥 태어나
한줌의 티끌로 가는 우주에서 만나
인연으로 엮인 사이
선택해 줘서 고마우이

그대들이 있어
외롭지 않았고
자존심도 지켜진
품위유지의 삶에
꾸벅 절을 드리며 가네

놀아줘서 고마웠네!

임은정 검사

잘못된 것을
잘못되었다고 묵묵히 말하는
드문 사람이 있습니다.
실리도 없는 정의에
전부를 던져놓고
외로운 싸움을 즐기는
바른 사람이 있습니다.
박수 치지는 못할망정
비아냥거리는 세상 속에서
단비를 적시는 귀한 사람이 있습니다.
거짓은 시간이 걸릴 뿐
진실 앞에 무너진다며 웃고 있는 멋진 사람이 있습니다.
그녀를 보면
그래도 아직은 살 만한 세상입니다.

운칠기삼運七技三

탁구대회에서 이기는 경기보다
무수히 지는 게임을 애써 견디다 보니
2006년도 잠실체육관에서
개인 단식 1부 우승한 기억이 아직도 가슴을 저민다
운칠기삼運七技三

삶의 흔적을 차곡차곡 정리한 습작들을
환갑 때 『하루』라는 시집으로 세상에 나왔지만
치열하게 전부를 던지는 탁구처럼 되지 않으려
공모전을 외면하다가
뒤늦게 화가의 길로 정진하는 사촌 형님의
입선작을 보면서
한 번쯤은 정면 도전하기로 했다

제13회 광진문학 신인상에
자식처럼 아낀 3편(부목, 정맥과 동맥, 유영국의 산)을
이메일로 발송하고는
건방지게 대상을 먹을 거라고

아내에게 큰소리쳤는데
말이 씨가 되었다
운칠기삼運七技三

변하지 않는 뜨거운 가슴은
아직도 탁구가 인생의 마지막이고 싶다

가을 편지

바람 불어 쌓인 낙엽이
마음속에 갇힌 진심인 듯
걷어내며 인사를 올립니다.

무탈하신지요?

저는 떨어지는 잎새를 보며
하루 종일 넋두리하며
주소 없는 가을 편지를 씁니다.

훈수

자존심 강한 친구에게서
저녁 늦게 전화가 걸려온다
문제가 생겨 잠을 설친다며.

다음 날
밥 한 술 적당히 뜨고
득달같이 세종시로 향한다

지하철의 익숙함에서
호사스러운 자가용으로 운전을 하다 보니
누린 것들에 감사하면서도
그 즉시 해결해야만 하는
기질 때문에 안락함이 억눌린다.

만나자마자 자초지종을 들으니
근심의 염려는 법적으로 완벽히 보호되고
만약이라는 추측은 기우에 불과하니
문제가 되면 책임지고 내가 해결하겠다는

안심을 시키고
집으로 돌아오는 길은
유난히 음악소리가 즐거웠다

오늘 아침 일터로 나가면서
잠 잘 잤냐고 전화했더니
푹 잘 잤다는 목소리가 쩌렁쩌렁 울린다

싸울 때는 부디
후회 없이 결사항쟁을 하되
1할의 여분은 화해의 대피구를 만들어놓기를

우리는 친구잖아!

특별히 정한 날짜 없이
보고 싶으면 카톡으로 약속을 조율하여
서로의 교통이 편한 야탑역 주변을
어슬렁거리다 음식점에 들어가
소주 한 잔 걸치면
참다가 참다가 뱉는 정치이야기.

보수와 진보 그리고 중도의 세 명은
간들간들 위험수위까지 가다
정신줄을 차리는 사이.

편할 땐 허물없이 다투지만
일이 터지면 정치는 사라지고
오로지 친구를 위해
합리적 이성도 잠시 접고
감성적 현실을 직시하는
의리의 깡패가 된다.

그러다 일이 정리되면
아무렇지도 않은 방관자처럼 태연히
서로 마음고생 했다며
툭툭, 위로의 말을 던진다.

문자 하나
"자네는 참 멋진 놈이다
내가 가지지 못한 용기,진취력,긍정,
사랑, 그리고 표현하지 못한 다른 많
은 것들을 모두 지녔다
정말 존경스럽기도 하다
원컨대 헤어지는 날까지 옆에서
힘이 되어 다오
자네의 건강과 건투를 빈다
진짜 멋진 놈!!! "

카톡 하나
"이 나이에 인생 헛살지는 않았네
얼굴만 봐도 죽었던 힘이 살아났었네
무슨 말도 필요없네
고맙네! "

카톡 답장
"우리는 친구잖아! "

꼴잡한 시를 쓰는 시인보다
더 감동을 주는 멋진 친구들
그대들이 있어줘서
고맙데이!

할 수 있겠니?

오늘을 살면서도
더 좋은 내일의 모습을 그리려고 전진하는 말은
할 수 있겠니?

더러 내려놓고 싶은 현실에서
눈물로 참는 노력의 말은
할 수 있겠니?

삶이란 무대는
끝도 보이지 않는 싸움에서 최면을 걸고 읊조리는 말은
할 수 있겠니?

후회하지 않으려 구석구석을 닦고 있는 진행형의 말은
할 수 있다는 믿음이다.

차를 닦다 보면

정성스레 차를 닦다 보면
문득 준비하지 않은 이별도
눈에 보였으면 합니다

최선을 다하자며 하루에 매달리지만
먼지처럼 눈에 보이지 않으니
감사하는 인사법을 까먹습니다

그저 계절이 바뀌는 줄만 알았지
나이 듦의 지혜는 지갑 속에 꽁꽁 숨깁니다

코스모스꽃 위에 맴도는 고추잠자리의 비행이
멀어져 가는 요즈음
광채 나는 차만 보면
세상 밖으로 훌쩍 떠나는 여행을 꿈꿉니다.

톱니바퀴

군대 생활이 어려웠던 것은
나갈 수 없는 감옥이라 생각 듦에
잃어버린 자유에 항거하듯
훈련소부터 시작한 병정일기를 간직한
가벼운 글들이
과연 낭만이었을까?

불안한 미래를 설계하고
남대문 일번가에서 방향을 그려보는 시절에는
원단에서 제품까지
사람의 손으로 만들어진 옷 무더기를
완성하고 다림질하는 구석에서 쪽잠을 자고 나서
지게꾼의 콧김 소리에 새벽을 깨우는
하루의 시작은 전쟁터였다.

더 큰 꿈을 위해 공부하던 시절
"고독을 즐길 한가한 때냐"
초테크의 세상에 그런 낭만이 가당찮다고

열변을 토한 원우는 어떻게 살고 있는지?

먹고살 만하니
하늘이 보이고
꽃이 아름답더라.

엔제 포스테코글루 감독

영화 속에서나 가능한 황산벌 전투가
영국 프리미어 리그 II 라운드
토트넘과 첼시의 경기에서 나왔다.
적어도 전반 초반 단 한 명의 퇴장 전까지
만원의 홈 관중이 모인 토트넘 홋스퍼 스타디움은
꿈을 향한 축구가 가능했지만
어두운 그림자는 수비의 치명적인 반칙을 타고
스멀스멀 그라운드에 드리워지더니
또 한 명이 퇴장당해 9명의 선수로
절체절명의 위기에 봉착했다.

여기서 문제다
동점일 경우 적당히 시간을 소비하다
무승부를 희망하며 시간을 때울 법한데
1%의 이길 확률에
토트넘 엔제 포스테코글루 감독은 승부를 건다
수비 라인을 끌어올려 수적 열세를
오프사이드 작전으로 바꾸고

오히려 더 공격적인 취향으로
잔여 시간 30분의 드라마를 쓴다

정말 놀랍다
프로의 경기에서
홈팬들 앞에서
눈치 안 보고 소신을 던지는 배짱이

1:4의 승리 같은 리그 첫 패배 속에서도
홈팬들은 어느 누구도 자리를 비우지 않고 일어서서
오히려 임전무퇴의 화랑도 정신을 일깨운
감독과 선수들에게
무한한 신뢰의 박수를 보내는 모습은
프리미어 리그의 명장면으로 영원히 남으리라!

재래시장을 보면

참기름 냄새가 배인
고소한 추억의 창고에서
스쳐 지나가는 아련한 기억의
흑백사진이 둘 걸려 있다

비 오는 날
금호동 로터리에서
오로지 155번 버스만 바라보며
퇴근해서 돌아오는 엄마를 기다리는
우산을 들고 있는 소년의 모습이

우산을 쓰고 과일을 고르는
엄마의 고운 모습만 쳐다보는
소년의 모습이.

실로암교회의 대장 류우경 목사님

추수감사절 날
실로암교회를 찾는다
종교에 빠지지 못하지만
사람에 관심이 많은지라
옛 탁구 제자 목사님의 잔치에
한 번의 방문은 예의로 판단이 되어
간판이 잘 보이지 않는 교회를
길가에 새어나오는 찬송가 소리에
약속을 지켰다는 평정심으로 들어가니
탁구로 인연된 김숙자 권사님의 안내로
지정된 자리에 앉아
근엄한 목사님의 하루를 보는
재미가 제법 쏠쏠합니다.

연신 뒤적거리는 아들
요한을 견제하는 이인정 집사님은
"내가 누려 왔던 모든 것들이(은혜)"의 찬양 노래는
공기 반 소리 반의 울림이 신앙심으로 가득 배인

눈빛으로 발산되어
"당연한 것이 아니라 은혜입니다"의
목사님의 설교를 미리 뒷받침하고.

일기수일투족 목사님의 말씀을 요약하여
화면에 올리는 작은아들의 몸짓이나
교인들이 각각 가져온 음식을
식사로 배분하는 사모님이나
정성이 눈물겨운 가족사를 보는 것만으로
하루가 행복해집니다.

눈먼 자를 씻긴 실로암의 기적처럼
개척교회를 만든 목사님의 용기에 한 표를 던지며
탁구대 4대를 깔 수 있는 장소가 될 때까지
추수감사절에 꼭 확인 작업을 하겠습니다.

직무유기職務遺棄

아무리 낙엽일지라도
제색霽色을 내고 떨어져야지.

영원한 패셔니스트 이영웅 선생님

고등학교 국어 고문 시간이 되면
오늘은 어떤 멋진 양복을 입고
가르치실까의 궁금증이 유발되는 분

책도 없이 몇 쪽을 펴라며 유려한 말씀과 동시에
분필로 칠판에 가득 깨알 같은 글씨가
마침표를 찍는 순간
땡땡 수업을 끝내는 종소리를 맞히시는 분

용비어천가 1장부터 125장까지 뜻풀이하며
외워 봤던 시절이 있었고
깔끔하게 복장을 갖추려고 노력한 세월도
품위유지를 위해 내려놓아야 하는 자신감도
선생님을 닮으려 애쓴 덕분입니다

수업 시간 외에 일면식도 없었지만
50년이 지난 오늘도 가슴을 일렁거리게 하는 분은
바로 영원한 패셔니스트 이영웅 선생님이십니다.

Hello 박!

숨고를 통해 인연이 된 Hello 박!
쭈빗쭈빗 던지는 사투리 어감이 정감을 준다

탁구라는 게 워낙 예민해서
가르치는 사람이나 배우는 사람이나
교감이 되기까지
가끔은 엉뚱한 화두로 레슨의 긴장을 풀곤 한다

지난 주말 왜 고향에 다녀왔는지 물었더니
한 집안의 가족사가 그려진다.

살면서 엄마와 자주 다투는 아버지가 미워서
창문을 걷어차 발가락을 7바늘 꿰매고
한 달간 가출한 대학시절 객기.

오 년 전 돌아가실 때까지 허리디스크에 시달리는
아버지에게 연민의 정이 들어서
용문산 뱀탕을 들고 고향을 왕래한 얘기.
최근 이석증에 시달리는 엄마가 아프다고 연락이 와

아내보다 관심이 많다는 Hello 박이
혼자 고향 김해에 갔단다.
아픈 증상보다 아들을 보고 싶은 마음이 컸겠지만
엄마는 증상이 비슷한 이웃집 친구 할머니가
대전에 용하다는 병원에서 90일치 약조제를 받아
효험을 봤다는 응석에
즉시 그 할머니에게 전화를 걸어 물으니
소통이 되지 않아
그 아들에게 확인하여 다음 달에 예약을 걸었다는 얘기.

딸내미 둘 키우면서
감기에 걸려 코가 막히면
입으로 콧구멍을 뚫어줬다는 말과 함께
낀 세대의 푸념을 털어놓는 모습에서
진정성이 느껴진다.

공감되는 일상의 이야기를 들으면서
사람 냄새 물씬 풍기는 Hello 박이
오늘은 왠지 멋져 보인다.

탁구 예찬

변하지 않는 것이 책이라
하루 다섯 시간 이상을 소일하신다구
취중에 진담을 발견한다며
술의 예찬을 펴는 회원 앞에

그래도 탁구라구
이 세상에 2.7그램의 작은 공으로
뇌가 작동되기 전 춤사위처럼
연애의 심장처럼
대처하는 노력이라면

무엇이 두려우랴
세상이 내 것인 걸!

소박한 사람들

로또를 꿈꾸는 순박한 사람들이
겪지 못한 난제들을 몸으로 받쳐
최선이라는 신념 아래
난상토론을 자처하며
일 년을 잘 버텼다고 마련한 대의원 송년회

여전히 공격적인 패기의 젊은 눈빛들이
함께라서 든든하고
살아온 삶에서 묻은 여유가
푹푹 사람 냄새 풍기기도 한
싸움 끝에 친해진 소박한 사람들
술 한잔에 물 한잔에
인생 보따리 풀어낸다.

콘크리트 벽에 갇혀 산 30년
그 당시 초등과 중등의 아들들은
각자의 둥지로 떠났고
익어가는 세월 속에
또 하루가 저문다.

사람이 위대한 이유

사람의 받침 'ㅁ'이
닳고 닳아 견딘 힘이
'ㅇ'으로 변하여
사랑이었네.

12월이 주는 의미

코비드에 놀란 가슴
헛기침에 예민하듯
허공에서 쏟아내는 기약 없는 겨울비에
강변북로는 수상한 어둠을 의심한다

저쪽 동네에서 터진
러시아와 우크라이나처럼
맞장구친 하마스와 이스라엘처럼
영화 같은 전쟁이
설원을 달리는 기차간 유리 지바고의 눈빛처럼
언제 울음이 바다를 만들지 모르는
침묵의 경계를 목도目睹한다.

술독에 빠진 날

백팩을 찾으려
다시 들른 골목길

얼마나 사랑하면
이 차가운 바람을 이해할까?

다정다감한 말들도
기억나지 않는
혼자라 춥다

정말 춥다

포장된 삶

어차피 혼자 사는 세상에서
덩그러니 혼자일 때를 잊고 싶을 뿐

비익조比翼鳥

진실이 있는 거 알면서도
애써 진실을 막고 있는 세월들

너무 아파서
아픈 기억이 병이 될까 봐
잊고 살기로 약속한 시간들

권력과 조직 앞에 무능해진 하루하루들
지구 몇 바퀴 더 돌아야 제 정신줄이 될지

하늘에 있는 너의 지혜로
날 수 있는 방법을 만들어 줘.

인생

저물녘 살아 있음은
첫눈 같은 손주의 재롱

인어의 선율 - 차유주

9th Bravo SJ Ballet Festival
초등생 1년 손녀 차유주의 송파구민회관 3층
대극장 공연을 보기 위해 분주한 하루의 시작은
함박눈이 축제를 알린다

감수성이 풍부한 울보 유주가
메이크업으로 꾸며진 얼굴을 보니
미래의 예쁜 처녀의 모습이 꽂히는 순간
가슴이 설렌다

사부인이 위독해서
급히 병원에 가야 한다는 아들이
덩그러니 유주를 맡기며 떠난 자리
아내는 아직 일자리에서 오지 않았고
나는 한 번도 유주를 안은 적이 없어
돌이 지난 유주와 할아버지가
석고처럼 굳은 침묵의 2시간의 기억이 해제되는 것은
할머니의 품으로 돌아간 시간

그런 유주가
온갖 긴장을 뚫고
또렷한 눈망울로
할머니에게 배운 사진술의 미소로
인어의 선율로 파르르 떨면서
단독으로 공연을 마쳤다

유주의 공연으로
사돈어른과 아들, 며느리, 손자 주원과 함께하는
한 해의 마지막 식사만으로도 충분한 의미를 준다

사부인의 임종시
아내는 병원에서 걱정 말라고
며느리를 딸처럼 대하겠다며
손을 꼬옥 잡고 약속을 하는 순간을 목도했다

6년이 지난 오늘
각자의 집안에 한 명씩 결격의 슬픔을 안은 채
서로 토닥이는 사이에는 유주가 있었다

피아노를 잘 치고
독서로 상을 받고
늘상 최선을 다하는 연습벌레가 꾸민
발레의 공연까지 보니
어떤 모습의 처녀가 될지
할아버지의 가슴은
너를 볼 때마다 늘 심쿵거릴 게다.

서울의 봄

세월이 흘러서 떠드는 말은 핑계다

그 당시 정치인도, 언론인도, 사법부도 침묵하고
재계는 권력에 붙어 춤을 추며
영혼 불멸의 돈을 찍고

여전히 반성 한 줄 없이
현실판 데자뷰를 만든다

탄약고에서 탄약을 영문도 모른 채
연병장에 쌓아놓고
판초우의를 이슬로 막은 총알은 누구를 향했겠는가!

전두환, 노태우는 사형장의 이슬로
사라져야 한다는
현장을 체험한 전역병의 말에
아무도 귀 기울이지 않는 세상에서

우리는 누구를 믿고
소중한 한 표를 던져야 하나?

올해
그래도
큰 바위의 영웅을 기대해 볼 수밖에.

고수高手의 길

끝도 없이 변하는 세상에서
정신줄 부여잡고 집중한다는 거 쉽지 않다

긍정과 부정을 수없이 반복하며
믿는 구석을 찾는 거
흔들리면서 배운 연륜처럼
부드러운 신념은
결코 하루아침에 만들어지지 않는다.

운전처럼
탁구처럼
주식처럼
초조함을 부추기는 속도의 유혹에 견디는 내공은
하나뿐인 자신을 확인하는 작업이다

고수高手는
철저히 자기만의 방식으로
외로운 길을 뚜벅뚜벅 걸어
복기가 가능한 족적을 남긴다.

詩와 술 그리고 탁구

詩를 쓴다는 것은
뻔뻔스런 오늘 하루를
염치와 체면으로 손 씻는 일입니다

술을 즐긴다는 것은
스며들지 못하고 설명할 수 없는
다른 삶을 인정하는 무기입니다

탁구를 가르친다는 것은
인생의 마지막이고 싶은 욕망의 삶입니다

詩와 술과 탁구의 쓸데없는 넋두리는
사는 동안
나를 잊지 말아달라는 부탁입니다.

좀비 축구 손흥민

스스로 타락해야만
못 보던 빛줄기를 볼 수 있을 거라는
막역한 느낌을 아는 자가 진정한 스타라는 거
9년 전 막내 흥민이가
호주에서 아시안컵 결승 연장전 패배를 당하곤
펑펑 눈물을 쏟던 청년이었는데
어느덧 세월이 흘러 원숙의 경지에서
갖고 있던 모든 칩을 후배들과 공유하며
승리를 쟁취한 8강전의 호주전

거목巨木 차범근도
군계일학群鷄一鶴의 황선홍도 만들지 못한
좀비 축구의 정신을 일깨운 주장 흥민이는
인성과 재력을 갖춘 재능이
팀 문화를 만든 레전드임을 확인한 경기였다

그가 있어 대한민국은 벌떼 축구에서 진화한
좀비 축구의 전설이 영웅담으로
오래오래 남을 것으로 확신한다

스스로 축구에 미쳐야만
못 보던 빛줄기를 볼 수 있을 거라는
막역한 느낌을 아는 자가
손흥민임이 틀림없다

화룡점정 畵龍點睛

숫돌이 강인이가
64년 만의 우승 도전 아시안컵 축구 예선 1차전에서
멀티 골을 보면서 뱉은 한마디
드디어 익었다.

거친 몸싸움이 전쟁터를 방불하는
그라운드를 휘젓는 유려한 드리블과
동물적 감각의 숫 타임의 순간
22세의 이강인은 국보國寶로 자리매김한 날이다.

스타가 되기까지
우여곡절의 순간들이
묵묵한 믿음으로 쏟아낸 땀방울의 결실이리라.

피 끓는 젊음이 있어
정제精製가 힘들겠지만
이제부터 달관의 경지로 정진精進하길 바라네.

한 송이의 꽃을 피우기 위해 보낸
인고의 계절은 보상을 받지만
끝내 소복소복 쌓인 눈발 속에 묻히고
그 눈발마저 녹아 사라지는 무상無常이
인생 아니던가.

쑥국 한번 묵자

주민등록증으로 하루 차이
호적상으로는 한 달 차이의 주경이는 형이다

똑똑해서 월반도 하고
교대를 졸업해서 군대를 면제받고
교직자의 사회생활을 해서
같은 또래의 범주를 벗어난
엄청난 선배의 포스로 느껴졌던 사이

우리가 어쩌다 만나면
큰형들은 이런저런 핑계를 만들며
짓궂은 싸움을 시키고
코피 먼저 터지면 정리되던 어린 시절

삶의 무게가 모든 것을 지배하던 때
중량을 감수하며
세상 속으로 빠져들어 자리매김하던 중년 시절은
멀리서 서로의 삶을 존중했을 뿐

이제 나이 들어
자식들도 각각의 삶에 최선을 다하는
모습을 넌지시 보면서
소소한 생활 중에 선산의 송사 때문에
자주 만나다 보니
밥 한 끼라도 대접하고
차를 마시며 담소 나누면서
살아온 날들을 추억하는 소중한 시간들

헤어질 때
쑥국 한 번 먹자는 제의에
벚꽃 흐드러지게 필 때
보자고 화답했다.

유월

유월의 산은 청춘이다
꿈을 향하여 달리는 도약 단계
뒤돌아볼 시간이 없는 열정
돌아갈 수 없는 확신

초록으로 시절 인연을 표현한
유월은 긍정의 계절이다.

비겁이라는 단어

파도를 견디려면
파도를 알아야 하고
사람을 알려면
사람 속을 기다려야 하고

가늠하기 힘든 세상 속 이야기
따가운 날씨 탓한다.

詩를 짓는 작업

살다 보면
기로에서 많은 생각을 가지지만
욕심을 내려놓으면
무소의 뿔처럼 앞뒤 가리지 않고
직진하는 추진력이 생깁니다.

기로에서
탁구장을 버리자니
사람을 잃겠다는 생각에
재능기부라는 단순한 선택이
행복을 만들고 있고

낮에는
노동하여 젊음을 유지하자는 뜻이
움츠러들지 않는 패기가 만들어지고

만만치 않은 세상에
품위유지를 지키기 위해

공부하다 보니
치매도 더디 올 것 같고

그런 감사함이
긍정의 詩를 만듭니다.

대화의 기법

심한 상처를 주고받았을 때
주저하지 말고
왜 그랬느냐고
물어본 적이 있어?

깊은 생각과 달리
사소한 데서 오해가 쌓여
세월을 잡아먹으니까.

울고 싶을 땐 어떻게 울지?

딱히 이유가 없고
아무렇지도 않은데
뭘 바라는 것도 없이
마냥 울고 싶은데
나이가 어르신이라 방법이 없다네
그래도 울고 싶으면
이유를 대고
아무렇지도 않은 정황을 보이고
뭘 바라지도 않는 증거를 만들고
나이가 어르신이라는 핑계를 버린다면 방법이 될까?

굳이 합리적인 근거로
마음을 밀어버리는 바보가 어르신이다.

파친코

삶에서 묻어난 사투리가
배우들의 신들린 노력으로 풀어내는
눈빛 연기와 담담한 대사는
한 편의 詩를 대하는 느낌이었다

마치 갓난아이가 자연스레 익힌 말이 왜 국어인지,
살아온 날이 왜 부끄럽지 않은 한국인인지,
세 홉의 쌀로 지은 밥의 구수한 냄새가
왜 평생 동안 기억을 만드는지,
사람을 대하는 기본 예의는 왜 배려인지.

답이 없는 인생길에
노을이 배웅한다.

562호 법정

어떤 삶을 살고 있든지
살아가고 있는 현재가 어떤지
생각 없이 주어진 길을
행복이라고
사랑이라고
최선이라고
믿으며 흔들림 없이 지탱해 왔는데

그 믿음이 무너진다

도대체 진실이 있는데
진실을 토로해도
진실의 껍데기만 이끌어가는
피눈물 나는 대기업이라는 일꾼 때문에
정부가 굴러간다는 논리처럼
힘 없는 개인은 거품 문 진실을 멀리 보낸 세월들이
얼마나 많을까.

국방의 의무나 세금의 의무나
국가의 지위만을 강요하는 대한민국에서
이렇게 살기 힘든 줄은

다쳐 봐야 한다.

아비

계산적이기보다 감성적이라
넌지시 본다.

넌지시 보다 보니
무관심인 척
표현을 삼킨다

기쁠 땐 미소로
슬픈 땐 가슴으로

늘
평화로운
죽음을 꿈꾼다.

적막寂寞

가슴에 묻어둔 사랑은
누구도 채울 수 없고
기억될 수 없는 텅 빈 고독이
눈물을 만든다.

봄

두꺼운 외투를
습관처럼 입으면서
가벼운 점퍼에
눈길 가는 설레임

맹세 盟誓

하늘을 본다
살아 있는 동안 부끄럽지 않으려고

하늘을 본다
몸에 낀 때 씻어 달라고

한 해를 보내며

저무는 한 해의 마지막 날
새해를 준비하는 오늘
당신을 생각하면
왜 눈시울이 붉어지는지요?

삶이 무엇인지
생명이 무엇인지

알 수 없는 명제 속에
풀 수 있는 보따리는 모성

현재와 과거, 미래를 혼동하면서
시간이라는 저울에 실려
거슬리지 못하는 현실 앞에
희생이라는 참모습을 보여준 어머니

끈질긴 삶의 타래를 받아
최선을 다하고

기다리는 삶을 깨달으면서도

당신을 생각하면
여전히 눈시울이 붉어집니다.

포항

철썩이는 파도 소리 들리는
희망과 절망이 공존하는 언덕 모서리에 서서
바람마저 흔들지 못하는
고요의 바다를 한없이 쳐다본다

견디다 보면
지나가는 인생살이
대단한 거 없다고
푸념 따위 모두 삼켜 버리고
침묵하라 한다.

이별 연습

지나온 날들
만남의 인연이
처절하게 분해되는 세월

삶은 흐르는데
자연으로 돌아가는 이별이
무겁다.

INNOVATION

할 수 있다는 확신을
낙엽처럼 툭툭 털고
자유를 즐기는 하루의 체념도
혁신이다.

하루라는 전쟁터

하루라는 전쟁터는
시작을 알리지만
끝을 알 수 없는
링 위 복서의 심정

한결같은 사람

각각의 점들이 이어져 선을 만들 듯이
각각의 결들이 공들이면 한결이 된다

기왕이면
아싸가 아닌
인싸의 한결같은 사람이고 싶다

어제나 오늘이나

꾸미고 포장된 지난날을 돌아보면
선한 기억들은 세월 속에 묻혔지만
그 선함의 바탕이 거름 되어
숱한 유혹들을 물리치고
제소리를 내며 걸었다

비록 비릿한 바다의 풍광이나
차가운 바람 속에 피는
매화의 향기를 맡지 못하지만
오늘도 꼿꼿하게 걷는다

초록 마음에 다가서지 못하고

겉모습만 비추는 거울 속의 얼굴이나
살아 있다고 아우성치는 시작詩作의 근엄이나
늘 곁을 지킨 초록 마음에 다가서지 못하고
그토록 찾던 진실의 허상들만 목도目睹한 채
시간이란 절벽 앞에 무너진 계절만이
덩그러니 해를 채우고 있었다.

동백이 피고 지고
모란이 피고 지고
목련이 피고 져도

꿈

집으로 돌아가는 산등성이에 서서 내려본 마을은
나뭇가지에 쌓인 눈송이처럼 아늑한 빛으로
좌표를 찍고

칠흑같은 밤
축제를 밝힌 별들의 자태에 정신이 팔려
계속 되돌아가는 들판에서
힘든 줄 모르고 가까이 있는 하늘만 쳐다본다
미로에 갇힌 뇌는 더 이상 작동되지 않고

뇌도 가끔은 전원을 끄고 낙엽들을 버리고 나서
핸드폰을 켜듯이 칩을 심어
혼미스러운 기억의 창작을 버려야 한다

하지만
AI처럼 될까 봐
오늘밤도 혼돈의 꿈을 꾸어야 한다

절념竊念

영원할 것 같은 하루하루가
백 년을 지키지 못하듯이
살아 있기도 죽어 있기도 한
끝없는 생각들을
따진들 무엇하랴

살아 있는 시간만큼
사랑하고
감사하고

175번 훈련병 차성환

아들 냄새가 잔뜩 배인
옷과 신발이 담긴 소포를 받고는
정말 떠나 있다는 서글픔이 스미지만
한번뿐인 군생활의
소중한 추억을 켜기 위해
넓은 벌판에 홀로 던져진 고독이
절실함으로 닿을 때
바라고 원하는 신념이
쌓여간다는 것을 경험해라

"입영통지서 쪽지 하나에 저항 없이 가야만 하는 현
실이 우습다"는
어른스러운 아들의 조크가 울리는 오늘

피하지 못할 거라면 즐기라 했다

인생 3막의 삶

폼 나는 젊음 속에
마음껏 객기 부린 시절보다
나이만큼 순응하고
사람 냄새 풍기는 지금
더이상 마음 상하는 생각들을 버리고
헤아리는 지혜로 세상을 보기에 의미가 남다릅니다

해송의 향이
바람결에 스치는 바다 앞에서
대왕암의 깊게 파인 주름이
멋스런 침묵처럼
우리네 삶도 그렇게 흘러갑시다.

노래와 詩의 한 줄 평

옛적 막연히 들었던 그 노래가
또다시 새로운 포장으로 가슴을 파고듦은
비켜갈 수 없는 세월 속에
고스란히 떠맡긴 기억들이
숙성된 술처럼
시간을 뺏기도 하고
시간을 주기도 하고

천상병 시인의 詩를 감상하다 보면
염치廉恥가 시인의 발목을 잡지 않고
오히려 순수한 마음이
행복, 술, 막걸리로 탄생하고

백마전우회 가평의 밤

언제 만나자는 약속은 없었지만
언젠가는 볼 수 있다는
우연을 가장한 필연으로
멀리서 찾아왔단다

그는 취사와 위병 근무로
나는 무전병과 운동으로
서로 다른 길을 걸어
한 소대원이면서도 접점이 없어
묵묵한 3년 후 31년 만의 조우遭遇에도
그때 그 모습의 넉넉함이 있었다

"우리가 건강하니 만난다!"

어떤 수식보다 공감된 말 한마디가
쩡쩡 울려 가평 하늘의 별이 유난히 빛난 것이다

시인詩人

긴
여정旅程을
몇 자 적어 놓고
스쳐 지나가는 코스모스

거금도 여행

열심히 살고 있다는
기준 없는 모래성을 무너뜨리고
긍정의 한 표를 받기 위해
고흥의 섬 거금도에 오기까지
스치는 사람들과
파노라마의 산과 들에 목례한다

부끄러운 양심이 넘실거리는 육지와
동떨어진 소록도
사람대접을 받지 못한 생채기보다
오히려 평안과 안식이 신비의 안개로
가득 내려앉은 느낌은
나만의 위안일까?

오욕칠정을 버리고
도량을 닦는 스님의 도도한 걸음걸이가
솔향기 풍기며 여유롭게 다가오는
호젓한 송광사를 걷다 보면

무소유의 대쪽 같은 법정 스님의 정신이 되살아나고

이기심에 젖은 마음
자갈 뒹구는 파도소리와 향기로운 들녘에 묻고
다시 세상 속으로 돌아가야만 한다.

연륜年輪 II

출발점이 다른 삶에서
한 획 한 획 나이테를 긋다 보면
강 건너 불구경하듯
자연의 절기에 맞는
색과 조화를 찾아가는 소신所信

자아自我

세월 속에
부끄럽지 말아야 한다.

30대 시절의 일기장을 보니

세상이 변하는 것보다
내가 먼저 변해야 살 수 있다는 절박切迫이
춤을 추는 30대 시절의 일기장을 보니
붉게 물든 단풍들이 낙엽 되듯이
계절이 주는 온도를 덮고
긴 항해를 질주하는 목표 없는 선장처럼
매달리는 직업의 근성이 부끄럽지 않았다

사십이 주는 의미

사십은 달리는 기차의 터널
세상 속을 향하다 익숙해진 삶에
생각을 더듬는 시간

순동이의 마음에 자리 잡은 우직과 용기가
시련의 고통이 부딪칠 때 번뇌의 눈빛은
차창에 낀 하얀 성에꽃

나이테에 훈장이 달렸지만
진실된 마음속에 어우러진 정신이 빛난 그때는
긴 터널을 지나는 흰 연기와 기적소리의 기차였다.

훈련소 떠나는 아들에게

1980년이 올 것 같냐는
군 선배들의 비아냥이
2005년이 와서 훈련소 떠나는 아들을 보니
삶은 이어지네

내 영혼은 한 부분 한 부분이
조금씩 희미해지겠지만
아들의 가슴속엔 불을 지피는 인생의 시작이다

훈련은 시키는 능동이 당하는 수동보다 힘들 것이고
순간순간의 고통이 삶의 버팀목이라 생각한다면
미래를 위한 멋있는 성찰省察일 게다

훈련소의 생활은
펼쳐질 인생의 여명기에
견뎌야 하는 담금질

네 곁에 늘 가족이 있어!

벚꽃이 주는 의미

봄이 왔고
봄을 떠나 보내야 한다는
이별 앞에서 뜸을 주는 꽃

백석을 향한 자야의 사랑법이나
와타나베 켄을 향한 장쯔이의 사랑법이나
선택할 수 없는 운명 앞에 불사르는 꽃

아쉬워
가로등도 밤새며 지키는
사위어 가는 꽃

봄비

세파世波를 가르는 비가
대지大地를 툭툭 치면
질주疾走하는 차들이
꽃망울에 인사하듯 서행하며 와이퍼를 켠다

먼 산은 하얀 겨울을 기억하라 하고
한강은 꽃길을 보라 하네

무대의 뒤안길에 서서
경계境界 짓지 못한 낭만 타령에
여전히 청춘인가 묻는다.

한강의 겨울 풍광風光

살얼음 낀 강가에
놀이터 된 퉁가리
먹잇감 찾는 흰뺨 검둥오리
숨죽이는 발자국

족쇄足鎖 풀린 하늘에
스며든 저녁 놀

柱道라는 이름 앞에

군북역 앞 장터는
어릴 적 처음 본 광장이었다
오일장이 서는 날이면
온갖 상인들이 저마다의 상품들을 갖고
특유의 냄새를 풍기던 아련한 기억이다

검정 고무신 던져 버리고
흰 고무신 신어 봤으면 한 욕망은 잠시 꿈이고
다시 땜질하여 주는 엄마 마음에 상처 줄까 봐
입 다문 시절

장날 어느 하루
동네 큰형이 애들 불러놓고
고구마를 훔쳐오라고 시킨다
다들 많이 훔쳤다고 으스대는데
두근거림과 나쁜 짓이라는 생각에
두 개만 훔쳐 바쳤던 어린 시절

열 손가락 깨물어 안 아픈 손 있느냐

콩 하나로 아홉 식구 나눠 먹는다고 강조하신
어머니의 세상 사는 법을 믿었던
순둥이의 시절
한 겹 한 겹씩 나이테 지니
살아가고 있다는 것은
죽어 가고 있다는 것
가졌던 욕망, 체면의 겉치레에 매달린 시간들이
헛방이라는 사실

柱道라는 이름 앞에
많이 미안했고
후회했던 짓 버리고
덤의 자세로 세상과 살자고 약속한다

사람 냄새 물씬 풍기고
낮은 자세에서 편안한 미소로
세상의 모든 것이 아름답고 소중한
삶의 안식처라고 믿는.

살아가는 이유

나이테 찍힌 얼굴이 서럽지 않음은
스며든 사랑이 더 깊음이라

음주의 변명

맨 정신을 혼절시킨
술의 힘으로
삶의 정감을 삭인
친구가 보이는 무대이기에

존재의 힘

1561일의 1인 시위 동안
꿈쩍 않던 회사가
JTBC 출동하자 분주하게 움직인다

경비원들 시켜
시위 문구 앞과 뒤, 몰골 찍힌 사진 3컷의 보고가
윗분들과 나누는 새벽인사였는데
돌변하여
가냘픈 여기자에게
정중하게 허리를 굽혀 명함을 건네면서
1인 시위 촬영한 한 시간 삼십 분 동안
갖은 너스레로 치장하는 홍보팀 윗분에게
전사 같은 여기자 일침을 던진다.

1561일 동안 1인 시위하는 분과는
인사 나눈 적 있나요?

주사 한 방

63세에 오십견이라니
너무 젊음을 유지했나?

3개월 동안 한의원, 정형외과, 통증의학과를 전전하며
왼팔을 치료하고 있는데
탁구 신입회원 한 분이
"걱정 마이소, 주사 한 방이면 끝납니더.
그런데 잘 안 놔줍니더.
시간 나실 때 안산에 가이시더.
한 번만 맞으면 해결됩니더."

처음 레슨 받는 분이 시간을 할애해 준다니
고맙기도 하고
한편으로 주변정리를 어떻게 했길래
굳이 안산까지 가야만 되는지
은근히 자존심이 건드려지고

그냥
나이 많은 정형외과 의사에게 넙죽 절했다

"함께 지낸 세월을 믿지 못하고 외유만 해서 병을
키웠다"는 핀잔을 감수하면서
일주일 눈도장을 찍었더니

드디어
주사 한 방!
오십견이 쉽게 완치되겠냐마는
한 사람의 진심이 담긴 말 한마디가
술을 마시는 설렘으로 변할 줄이야!

나이가 들수록 그리워지는 어머니

살면서 행동하는 종착역은
유연하지 못하고 부러지는 것은 아버지의 유전자라고
닮지 않으려고 무던히 애쓰며 살았는데……

세월이 흐르면서
몸에 배인 모든 것이
실은 어머니였다는 거
무장 해제된 상태에 스며든 젖줄이
되살아나 아직도 꿈틀거리고 있다니

"싸워보지도 않고 졌다고 판단하지 말고 싸워 봐!
맞으면 숨어 있다 말릴게"
 어머니의 그 한마디가
세상을 사는 밑그림이 되었는데

쌀쌀한 새벽
저는 어떤 온기로
하늘에 인사를 올릴까요?

겨울비

어둠이 짙은 새벽
툭, 툭, 툭, 튀어 오르며
새싹처럼 퍼져 가는 빗방울의 여린 소리를
정중동靜中動의 자세로 바라본다

늘 지나고 있는
어제와 오늘이 별반 다르지 않고
또, 내일이 기다려지지도 않는
그런 무료한 일상에
겨울비는 작은 오케스트라 합창처럼
마지막 달력을 적신다

보헤미안 랩소디

첫 발자국을 뛰어보자
언제 시작이 대단했던가
창의적인 발상이 세상을 놀라게 하는
힘이 있다는 걸 알았을까?
타협하지 않아도 되는 젊음을 판단했을까?
알 수 없는 앞날에 던지는 몸이 무기인 줄 느꼈을까?
편견은 편견일 뿐
뿌리를 인정하는 그룹과 하나되어
하늘을 올려다보며 내지르는 소리에
구름 걷힌 스탠드에서 떼창하는 사람들

서로 다른 삶들이
겨울바람에 옷깃을 여미는 하루

가곡을 들으면

가곡을 들으면 아련해지는 것은
곡을 만든 이나
곡명을 지은 이나
갈고 다듬은 원석을 빛나게 만드는
성악가의 열정이 어우러져
채 가시지 않은 지난 세월의 격정이
한 폭의 그림 되어 남겨지는 삶의 흔적이
돌아갈 수 없는 그리움 되어
숨소리를 가다듬네.

상처

빗속으로 걸어오는 발자국엔
일렁이는 파도가 담기고
눈 속으로 사라지는 뒷모습의 발자국엔
체념으로 낙인된 삶의 흔적이 고스란히 담기네.

라일락

일에 묻혀
어둠이 물들 때
스미는 라일락 향내
슬쩍
옛 그림자가 지나간다
보내는 하루를 반추反芻하듯
추억으로 달려가는 그림자 따라
잠시 떠나는 시간여행

아파트 현관 앞에서 사라진다.

부부夫婦

함께 산다는 건
마른 땅에
갯벌이 스며드는
하루하루들.

시간을 행복하게 견디는 방법

엄마가 보고 싶어
하나, 둘 ~
열을 셀 때

짧은 영어 회화
한 토막, 한 토막~
의미 없이 외울 때

다시 시작하는 1인 시위

진실과 정의가 하늘 아래 있다고 믿었던
62년의 배움이 철저하게 무너진 법정에
다시 믿고 던진 집행문 부여 이의신청이 받아졌다
당연한 결과가 당연하지 않게 보이는 현실에
바람이 분다.

많이도 걸어왔다
많이도 생각했다
많이도 이해하려 노력했다

아파서
너무 아파서
누구도 할 수 없는
피해 가서는 안 되는 삶의 하루가 시작이다

참
많이
걸어야겠다.

청춘의 한 페이지

우리가 겪었던 청춘의 한 페이지는
힘들고 부끄러워서 도망도 쳐봤지만
그 시절이 그립다는 나이가 되어
술을 마시는 사이가 되어 버렸다.

욜로YOLO의 가을

높고 맑게 갠 하늘을 보니 가을이 왔다
천둥번개를 치면서 시작된 빗줄기가 엄청난 폭우로
모든 것이 떠밀려 갈 것 같은 두려움이 생기다가
순간 쨍쨍한 햇빛을 보이다가
다시 반복되는 하루의 날씨는
욕망이 만들어낸 인간의 능력을 철저하게 무너뜨리는
자연 앞에 겸손을 배우는 가을이 왔다

전생이 있고
후생이 있다고 믿는 나약한 마음도
높고 맑게 갠 하늘 속에 떠다니는 미세한 먼지가 되어
복에 겨운 세상 구경을 즐기는 가을이 왔다
욜로YOLO의 가을이 왔다

높고 맑게 갠 하늘을 보니
이미 가을이 몸에 배어 있었다.

홍도의 밥상머리

일상의 일터를 잠시 잊고자 떠난 홍도의 여정은
서해안고속도로로 끝자락 목포 여객선터미널까지 달린
새까만 밤의 시간.
적당한 긴장을 자극하는 모기가
기다리는 마음을 저울질하는 동안
모든 기억들을 일시에 무너뜨린
자연의 조각가들이 합심하여 만든
천사1004의 섬 홍도의 풍광-
남문바위, 실금리굴, 석화굴, 탑섬, 만물상, 슬픈 여,
부부탑, 독립문바위, 거북바위, 공작새바위
등등의 작품들은 인간의 이기利己를 비웃듯
마음껏 뿌린 신의 손끝에서
겸손을 담고 하선한 2구의 마을.
한 끼의 식사가 참맛을 돋운다.
신의 손끝에서 사람의 손끝으로 변형된 자연의 반찬은
거슬리지 않은 품격이 어우러져
비워진 마음에 가득 술을 붓고
사람 냄새 더 풍기자고 도원결의桃園結義하는
홍도의 밤은 유난히 더 붉어져 있었다.

놀 줄 아는 봄

벗꽃이 지고
바람 불어 목련이 떨어져도
싱그러운 향내가 몸에 밴 아침
기는 놈 위에 걷는 놈 있고
걷는 놈 위에 뛰는 놈 있고
뛰는 놈 위에 나는 놈 있고
나는 놈 위에 노는 봄 있네

놀 줄 아는 사람에게 던지는 말
까불지 마라.

속물俗物

젊은 시절 일한답시고
세상을 볼 때는
전부가 돈으로 보였지
돈이 화약이 되어 던지면
대박이 터질 것 같아
정신없이 명분을 좇아 허둥거리며 살았지

쉽지 않다는 것을 알았을 때는
품위를 포장하는 기술이 터득되어
마음의 여유를 찾았지
물욕에 눈이 멀어 바둥거린 그때가
도를 닦는 무대였어.

재산을 지키고 늘이기 위해
평생을 노동한 대가가
구부정한 모습도 부족하여
중병에 마음 다친 장인어른
무릎 수술받고 병원에서 치료 중인
장모님의 어눌한 눈빛

사람 노릇 한답시고
모인 자식들은
지 새끼들만 생각하는 속물俗物

너 같기도 한

휴대폰에 있는 너의 사진을 보니
뿌연 안개에 덮인
이 세상도 아니고
저 세상도 아닌
꿈길 같아

꽃비가 내리니 아파트 바닥에
바람 불어 모인 벚꽃들이
아직은 쓸 만하다고
아직은 밟지 말라고
시위하듯 회오리치며
솟아 흩어지는 풍경이
너 같기도 하고
나 같기도 한

불한당 반창회

땀 흘리지 않고 쉽게 살아가는 사람이 되지 말라고
고3 담임 류주열 선생님을 모시고 의미 있는
반창회 하루를 만들었습니다

187회의 마라톤 완주 기록을 가진 옥철이
삶의 번뇌를 털기 위해
매일 출퇴근길에 15Km를 뛰고 있고

직장을 퇴직하고 인생 이막 요양원을 운영하는 광수는
밤에만 만나야 하는 아내가 낮에도 옆에 있어
부담스러웠다는 농담이 여유롭고

갑자기 찾아온 병마에서 터득한 비움의 여유가
플롯 연주를 생활화한 제헌 선생

누구 물건이 더 쓸 만한지 비교하자며
아랫도리를 훌러덩 내린 고3 때의 경구가
41년이 지난 오늘도 여전히
그 모습을 유지한 채 웃고 있고

있는 듯 없는 듯 과묵한 방훈이
오늘따라 멋있어 보이고

삼 대가 교직 집안인 수학 선생 영수는
딸이 수학 선생 되었다며 기뻐하고

범생 영국은 백발의 신사로 거듭나고
국가대표 배드민턴 선수를 둔 재영은
딸 자랑 바보이고

불한당이라는 단어를 끄집어내 더 뿌듯한
선생님의 미소를 자아낸 봉출이 압권이고

인생 2막은 봉사하는 삶의 자세로 지낸다는
효범은 여전히 매력적이고

장학퀴즈 나온 덕근이 아직도 싱싱하고

영원한 반장 도일은 무게감이 남다르고

선생이라는 직업을 잘 선택하셨다는
담임선생님의 마무리가
불한당 반창회의 격을 높이고

이렇게 41년이 지나 만난 이 자리
네가 있어
참
다행이다.

사랑만은 않겠어요

연륜이 닿아
타이밍 버리고 포효하는 감정
그 감정을 잡아내는 기술이 쌓여
거친 탁음이 지나온 세월을 말하듯
유려한 흔적을 던지는 윤수일의 노래.

조탁彫琢하는 딱따구리
집을 잃고 또 조탁하는
나무 위의 체념이
세상 같기도 하고
나 같기도 한

신념을 만들 때는 씨앗처럼

일을 할 때
온 마음을 던지듯이
신념을 만들 때
단단하고 부드러운 싹을 틔우는 씨앗처럼.

한때 사람들의 호구虎口 시절이 그립습니다

크리스마스 이브 예배당 입구에 줄을 서면
빵을 나눠주는 광경을 보고 용기 내어 줄을 서
내 차례가 왔을 때
"너 조금 전에 받았잖아"
한마디에 상처받고
예배당 문턱을 다시는 쳐다보지 않았던
다섯 살 때의 기억
왜 그때 받지 않았다고 말을 못했는지
얼굴만 붉어졌는지

술집에 가면
사람들의 호구虎口가 되어
술값 잘 내서
이쁜 색시 앉혀도
좋은 척 못한 시절
왜 그때 솔직해지지 못했는지.

산다는 건

무사히 하루를 보낸다는 것은
부두에 정박되어 있는 배의 닻줄처럼
침묵의 바다에서 언제 출렁거릴 줄 모를 파도와
팽팽한 줄다리기 하는 세상살이에서 견딘 훈장이다.
비록 나이테 늘어
폼 잡을 일이 줄어들었지만
운명을 건 닻을 믿고
여분의 닻과 닻줄을 하늘에 던진다.

핏줄

분기마다 한번씩 사촌들과의 만남을 위해
출발하는 새벽은
가벼운 설렘으로 시작합니다
오랜만에 만나는 누나와
격의 없이 자주 얼굴 맞대는 둘째 형과 동생,
그리고 형수, 제수를 모시고 떠나는 여행.
서로의 등을 다독이며 위로할 익은 나이가 되어
부드러운 분위기 속에서 행복한 1박2일이
삶의 소중한 추억으로 스며들 것입니다.

베개가 모자라 나에게 슬며시 건네주려 들린
남자들의 방에서 발견한 시숙은
동생들에게 베개를 양보하고
자신의 옷을 돌돌 말아 주무시는 모습에서
많은 것을 생각하게 되었다는
아내의 말에 숙연해집니다
35년을 정성껏 부모님을 모신
존경도 표현할 길이 없는데
잔잔한 배려도 읽지 못하고
씩씩하게 잠만 자는 동생일 뿐입니다

"누나 사랑하는 거 알제!"
응석 부리는 모습을 보고
사촌은 누나를 만날 때마다
같은 말을 되풀이하는 나를 두고
진짜 누나를 좋아하나 보다고 말합니다
술이 적당히 취하면
시집가기 전 가난한 가족들에게 사랑을 잃지 않고
따뜻한 입김이 된 시절
그 시절의 누나를 떠올리면
바보같이 눈물이 괴는 기억을
여전히 소중하게 생각하고 있습니다

사촌들과의 만남을 끝내고 경주 불국사에 도착하니
초겨울이 무색하리만큼 마지막 단풍이 기승을 부리고
그 붉음에 반한 형수님, 누님, 아내, 제수씨는
다시 돌아오지 못할 젊음의 기록을 남기기에 바쁘고
호떡 먹으면서 내려오는 길에
"군밤도 좀 팔아 주이소" 하는 할머니의 말에

고개만 숙이고 가는데
뒤돌아서서 두 봉지를 사 오는 동생을 보고
배려의 마음을 배웁니다.

욕심을 버리지 못해 겪는 선산 재산의 갈등은
오히려 끈끈한 핏줄의 단합을 만드는
비움의 마산, 경주 여행으로 사진 한 장을 남깁니다.

어딜 가도 사람 사는 곳은 똑같더라

여행이 주는 자유를 즐기려고
코끼리 등 위에 생각 없이 올라타고 보니
내 나이보다 더 보이는 코끼리와
내 나이만큼이나 보이는 코끼리 운전수는
오른손에 갈고리를 잡은 채
왼손으로 연신 스마트폰을 밀며
삐딱한 자세를 몇 번이나 고쳐 앉고
있는 모습이 거슬리는 데다
햇볕을 가리려 낡은 수건을 덮은 얼굴에
굳이 눈길 주고 싶지 않은 마음이라
야자수만 쳐다보는데
살아갈 날보다 살아온 날들의 기억도 버거워
타박타박 마지못해 걷는
코끼리 한 걸음 한 걸음마다
울퉁불퉁 파도치는 등뼈에 발을 의지하는 것이
못내 미안해 슬쩍 발을 접자
이 모습을 본 아내도 벌 받는 학생처럼
발을 가지런히 모으고

한 끼의 밥을 먹기 위해
포장된 삶은
어딜 가도
사람 사는 곳은 똑같더라.

어김없이 벚꽃이 피고

가볍게 옷을 입기에는 무딘 아침
송송송 벚꽃 싹이 움직인다
한 번쯤은 취하고 싶은
한 번쯤은 껴안고 싶은
한 번쯤은 엉엉 울고 싶은
그런 하루가
그런 잠 못 드는 밤이
벚꽃에는 있다.
일생에 꿈꿀 수 없는
하루의 사치가 벚꽃에는 있다.

라일락 향기는 기억을 부추긴다

언제나 만나면
반가움을 술로 적신 채
날을 세우는 우린 줄 알았는데
빗방울 툭툭 치고
황사 낀 얼룩이 수액과 버무려
내 나이만큼이나 뿌연 세상으로 변한 오늘
기약 없이 만나는 횟수가 줄어들 것만 같은 서글픔이
눈가를 어른거릴 때
전망 좋은 카페에서 술 대신 커피를 마시면서
방어진 앞바다를 바라다보며
자연스레 손주 얘기하는 우리.
늙어 간다
빗방울 걷히고
365일 기억의 저편에서 잊힌 향기가
코끝을 자극하는 밤
라일락이 충고한다
일 년에 한 번쯤은
예쁜 시절을 기억하라고.

2018년 4월 27일

살면서 한 번쯤은 새겨야 할 날이 있다
언젠가는 이루어질 필연의 만남이
화창한 봄날
변함없이 스며드는 라일락 향기가
분단의 벽을 무너뜨리고
남과 북의 두 정상은 형제보다 깊은 악수로
서로를 인정하며
지나온 세상사의 흔적을 애써 지우려
분단의 벽을 넘나드는 시위를 지구촌에 알리고
한겨레의 가슴에 무언의 감동을 던졌다.

아무리 속고 사는 세상이라지만
두 정상의 눈빛은
명배우 뺨칠 만큼의 연기가 아니라는
진실에 63년을 던진다.

죽마고우竹馬故友

탁구 레슨 중 전화벨이 울린다
"니 어디 있노?"
몇 번 안부를 묻고자 미루다 받아서인지
반갑고 미안했다

술 한 잔 기울이면서 그땐 고마웠다고 했다
지금은 버스 노선이 있는지 모르겠지만
금호동에서 명동 가는 155번 버스
토요일마다 부모님 일을 거들기 위해
한 보따리 빨랫감을 나르는 일은
버스에 짐을 무사히 실어줄까 고민이
늘 가슴을 짓눌렀는데
눈치챈 친구 함께하자고 했다
"누나 실어줘~"
변죽 좋은 한마디에
토요병이 줄어든 사실을 이제야 고백했다.

"임마 알아!
넌 그때도 말이 없었어
지금처럼
그런 니가 친구라는 게 자랑스러워"
술잔을 건네며 하는 말에

그때 한 보따리 짐이
나를 키워준 정신줄이라고
답하는 순간
왜 괜스레 눈물이 괴이는지.

예림이 I

일곱 살 된 예림이
호주 간다고
할머니 집에서 두 밤 잤다
어린 것이 무얼 안다고
엄마를 떼어놓고

두 번째 자는 날
아빠가 하늘에 있다고 알고 자는 날
안방에서 울음소리 들린다
벽에 걸린 아빠 가족사진을 보더니
아빠 보고 싶다고
할머니나 예림이나
소리 없이 울고 있을 뿐

무얼 아는지
응접실에 있는 나에게
덥석 안기며 또 흐느낀다

토닥토닥
등허리만 두드릴 뿐

예림이 II

이 년 사이에 훌쩍 자란 예림이를 안아 보니
힘이 부친다
주변의 따가운 시선보다
차라리 외로움을 감수하고 타지에서
딸의 교육을 시키겠다는 며느리의 말에는
끝까지 동의하지 않았지만,
밝게 성장하고 있고,
그 성장을 돕는 며느리의 희생과 정성이
안쓰럽기도 한 순간,
네 생각에 쏟아지는 눈물을 숨기려
서재로 잠시 몸을 돌린다.

피할 수 없는 운명에 슬픔보다 현실에 접근하여
대기업을 상대로 오 년여의 고독한 싸움 끝에
부끄럽지 않게 너의 가족을 지켜
재회하고 있는 엄마, 아빠의 눈물을
하늘에서 보고 있니?

사랑이라는 말보다는
힘이 닿는 데까지 예림이를
네 시선으로 지켜보련다.

수허고성의 하루

장가를 잘 가기 위해
시집을 잘 가기 위해
배우자를 식별하는 능력이
최고의 공부라는 사실을
수허고성 아낙에게 새삼 느낀다.

인연법에 따라
결국은 나를 위해
행복하기 위해
전쟁터 같은 삶의 현장에서
답이 없는 시간들을 보내면서
안위安慰하는 하루들이
정해진 시간들을 소진하며
지워 가는 달력이란 사실을 깨달으면

버킷리스트의 하루하루를
매일 만끽할 게다.

내 떠나는 날엔

오늘도 최선을 다했는지?
습관처럼 달고 다닌 이 말이
그래 최선을 다했어
편하게 쉬어
바람이 던지는 고요에 답하고
아내가 곁에 있어 집착했던 욕심들을 태우며
저 모퉁이 지구에서 사라지는 한 점의 티끌이지만
해와 달이 처연히 비춰지는 바위에 새기련다

그래도 행복했다고
고맙다고
그리워할 거라고.

건강검진 받는 날

이것저것 신경 쓰다
너무 늦게 건강검진 받는 날
아내는 수면 내시경 난 그냥 내시경
십만 원의 사치가 배려의 우쭐함에 가려
울렁거림의 자위쯤은 폼생폼사

내과 가서 옆구리에 붙은 비곗덩어리 떼라 하고
비뇨기과 전립선 검사하라는 마눌님의 잔소리가
아직은 쓸 만한 존재다 싶어 참 다행이다.

빨리빨리 마치고 보호자가 필요하다는
수면내시경 자리를 지키다 보니
그 착한 얼굴에서 하염없는 눈물이 쏟아진다
통제되지 못한 수면에서 보이는 아픔이
여과 없이 새는 모습을 보면서
꽉 쥔 주먹 풀고 눈물만 닦아 줄 뿐

어떻게 보듬어야 하는지
어떻게 정리해야 맞는지

1인 시위 I

세상과
놀고 있는
하루

공작工作

많은 장면들이 스쳐 지나간다
가장 소중한 믿음을 만들기 위해
이것저것 나열되는 하루하루들
결국은 사람이 사람 속에
닳고, 기대며, 버려지는 삶의 바다에
투망을 던져놓고
월척을 꿈꾸는 노동의 시간들이
헛되지 않았으면 하는 바람이
허망한 가짜 오메가 시계 위에
호연지기의 넥타이 핀.
그렇게 속고 속이는 세상에서
너를 선택한 운명이 지닐 만한 추억이었다고
열어 놓은 가슴에 소주 한잔 붓는다

소돌아들바위 단상

백 년도 살지 못하는 눈으로
수억 년 전 파도와 치열한 동거의 삶을
살고 있는 소돌아들바위를 보니
셀 수 없는 세월도
하루하루가 쌓인 바람의 기록으로 새긴
주름진 훈장이라는 것.

Mister Sunshine

드라마가 아무리 만들어진 허구일지라도
지고지순한 사랑법을 새겨보면
눈물겹도록 닮고 싶고

한 번 죽지
두 번 죽냐!
스쳐 지나는 삶 속에 경종을 울리는 상투적인 말이
이 세상 소풍 끝나는 날까지
따뜻한 햇볕으로 적셨으면.

하루는 죽어 있는 날 하루는 살아갈 날

육 년 전 아들 간 이식수술 받고
하루하루를 세상과 싸우는 친구
대구에서 서울로 병원 올 때마다 전화로 안부 묻고
시간이 허락되면 가끔 만나 식사로
우리가 나눈 작은 우정을 기억하는 그런 오늘

어쩌면 지난달이
마지막일지 모른다는 투석의 후유증으로
폐에 물이 차 수술도 미룬 채
사지는 침대에 묶인 채
정신 차려 보니 치아조차 다 망가진 고통도 잊은 채
보내는 하루는 죽어 있는 날이고
다음 날은 살아갈 날이라는 처연한 말에
"그래도 신앙이라는 무기가 있어 참 다행입니더"
응수하는 답답함과 미안함이 교차하는……
그래도 한 번 더 만나는 기회를 주는
하늘에 감사하자며
다음을 기약하는 우리.

1인 시위의 변辯

큰아들의 억울한 죽음을 바로잡기 위한
1인 시위 1002일째
두 시간을 준비하는 온전한 마음은
하루도 모자라고
가슴에 이는 파도를 억누른 채
법과 도덕 위에 군림하는 삼성의 힘 앞에 서서
아닌 것에 대한 사실을
사실을 숨겨야 되는 이유를 묻는다

피해 갈 수 없는 싸움이기에
걸어가야만 한다

거짓은 시간이 걸릴 뿐
진실 앞에 무너진다는 확신에
비겁을 던지고 싶지 않기에.

1인 시위 Ⅱ

숱한 사람들이 응시하는 날카로운 눈빛들은
면벽面壁으로 용맹정진勇猛精進하는
참다운 나를 찾는
아름다운 수행의 길

많이 놀다 보니 나이테가 보이더라

詩는 내 일기장이야.
하루를 담는 그릇이지
내 60년의 삶을
한쪽이나
한 줄로 줄이기 위해
공부도 제법 했어.
하지만 능력이 모자라
길어지고 많아졌어
뇌가 작동하는 한
선한 사람들의 마음을
더 쓰고 싶어
가만히 그 속으로 들어가면
변치 않는 자연 속에서도
믿을 건 사람이더군
그 사람의 눈빛을 보다가
그 사람의 눈물을 잡고 싶었어
더 선명한 나이테의 주름을 즐기기 위해
가진 것 쏟아부어 볼게.

사무사思無邪

살다 보면
주관적이라
내 생각이 맞고
네 생각이 틀릴 거라고
확신하지만
둘 다 삿됨이 없다면
둘 다 옳은 생각이야.

안반데기

백두대간 산마루에 자리 잡은 고랭지 배추밭.

새벽에는 떠오르는 일출을 친구 삼아
배추를 수확하는 인부들의 땀방울을 구경하고
낮에는 대관령 능선 따라 내리쬐는 태양의 축제에도
아랑곳하지 않는 배추밭의 풍경을 즐기고
밤에는 쏟아져 내리는 별빛 속에
아슴아슴한 추억을 담는

누렇게 익어가는 벼 이삭의 인사에
태연히 바람 쐬는 안반데기 배추밭.

적당히 살자

언제나 한결같은 한강으로 보이지만
그 속에 가만히 들어가 보면
서로 다른 물들이
각각의 소리를 내며
마음대로 살다가
결국은 한목소리를 낸다
한강으로.
폭우로 인해 흙탕 빛으로 며칠을 시위하지만
결국은 가다듬고 제 모습을 보이며

잊지 말라는 경고장을 날린다.
내 삶도 그러한지라

언제 터질지 모를 뇌관雷管에
늘 갑옷을 입고 살지만
돌연突然 바람의 속삭임에 흔들려
꿈속에서 허우적거리는 안달을 본다.

지워야만 사는 세상을
우직愚直을 내세워 풍파를 겪을 수 없다.
강변북로 위에서도
철길 위에서도
아름다운 한강을 보며
여인의 향기를 맡아야 한다.

재능기부

사람이 좋아서
가진 것 놓칠까 봐
안달하며 하는 짓이 재능기부.

포장보다 벗긴 결정이
강사비보다 더 격한 정신줄이고
신념일 줄 몰랐어

49일만 1인 시위하자고 정한 것이
5년여의 인내와 고통이
절박切迫을 받혀
씻김굿처럼
마음을 가라앉혔듯이
기간을 정하지 않은 재능기부는
오래 살자는 욕망인가.

18개월 차
내 좋아하는 사람만 불러놓고

도道 닦는 탁구가
얼마나 깊은 것인지
함께 연구하고 놀지만
결국은 혼자 사는 세상처럼
고독하게 혼자 깨닫는 즐거움으로
절제하며 기다리는 한 점의 기술인 것을.

시간 속에
술값 속에
마누라 눈치 보며 반나절
갈 방향 정해지고
함께라서 좋다고
희희낙락하는 미소들.

시절인연時節因緣이 만든 기회
지겹도록 만나자고
그리고 나서 그리워하자구.

간절懇切에 대하여

살다 보면
힘든 순간이 있어
기대고 싶은
누구에게도 보이지 못한 간절懇切함이

그 순간이 사람의 도리道理다
생각이

시간이 흘러
퇴색退色되겠지만
궁극窮極이 될 수 없기에.

비겁이 사랑일 수 없기에.

쉬운 일이 없다

새로운 사람을 만나기 전 꿈속에서는
재고 더미의 옷 속에 갇혀
이 옷 저 옷 유심히 보며
그 속의 먼지와 벌레를 본다.
한때는 온갖 머리를 짜서 만들어 낸 작품들이지만
가치를 잃고 욕망의 저울에 갇혀 허둥거리는 모습이나
나이테 들어 외양을 꾸미는 지금의 모습이나
별반 다를 바 없어
여전히 먼지와 벌레가 기어 다녀
아무리 포장해도
지워지지 않는 습관이 발목을 잡고 있는 모습을
괭한 눈으로 쳐다본다.

주목朱木(2005.7.7~2024.10.3)

풀숲에 함초롬히 이슬 머금은
작은 나무를 기억한다.
너무 당당해서 틘 세상을 보는 듯하여
지나칠 때마다 듬뿍 물을 주어
어느덧 서로 이야기하는 사이가 되었다.
태백산의 정기精氣를 가슴에 품고 보란 듯이
영험靈驗한 기氣를 받기 위해 오르는
무당巫堂들에게도 자랑하고
눈길에 미끄러지기를 반복하는
사람들에게도 연신 자랑하니

사진 찍는 명소가 되어 흐뭇하더라
살아 천년, 죽어 천년이라 하여

언제나 영원할 줄 알았던 너를 두고
세상사 일에 끼어 놀다 보니
기쁨보다 슬픔의 자리가 커져서
잠시, 가을의 쓸쓸함을 달래려고
풀숲을 찾았더니 없어졌더라

너무 놀라 자세히 발로 비비고
손으로 뒤적이다 보니
베어졌더라
베어졌더라
살아 천년, 죽어 천년이라던 너가
풀숲에 함초롬히 이슬 머금은 너가
베어졌더라.

삼우제三虞祭

살아 있어도 죽어 가는 삶이고
죽어 있어도 살아가는 삶처럼
못다 한 마음 서운치 말라고
정화수井華水 한잔 정성껏 올리네.

상사화相思花
(연수 형님의 상사화相思花를 감상하며)

꽃이 필 때 잎이 없고
잎이 자랄 때 꽃이 없어
서로 그리워도
만날 길 없어
가슴에 핀 꽃
비스듬히 우산이 되고

내내 더위 참고 참아
터진 꽃무릇
던진 마음 숨길 수 없어
핏빛으로 멍들어도
가슴에 핀 꽃 지고 나니
이슬 젖은 잎이 피네.

후딱 가는 가을

파도가 떠미는 대로
자갈은 쏴아아 쏴 제소리를 내며
산다는 거에 청승 떨지 말고
촌음에게 물어보란다.

뱉은 말들이 톱니바퀴에 물려
허우적거리는 비명悲鳴 속에서도
자갈은 여전히 제소리를 내며
바람에 속삭인다.

낙화落花에 분분紛紛한 마음마저
그림자 길게 드리우는
돌아올 수도
돌아갈 수도 없는 시간들도
촌음寸陰이라고.

인연법

폭염이 연일 기승을 부릴 때도
우산으로 햇볕을 가리고
억수로 비가 쏟아져 하늘이 무너져도
쏟아지는 빗속을 유유자적 우산 없이 비 맞아도
믿는 구석이 있어
고독조차
그리움조차
젖지 않는 가슴인 줄 알았다
아무리 찔러도 피 한 방울 나지 않는 갑옷을
입은 줄 알았다
믿는 구석이 흔들리지 않을 거라 믿었다.

거리에 이파리가 하나둘 떨어지고
영원할 줄 알았던 반바지가 을씨년스러워
긴바지로 갈아 입고
백팩 매고 일터를 휘저일 때도
믿는 구석이 있어
고독조차

그리움조차
여전히 젖지 않는 가슴일 줄 알았다.

조그만, 아주 조그만 바람에
고독이, 그리움이 사무쳐서
어찌하지 못하는 가슴 속에서도
대단치 않다고 툭, 떨군 핼쑥한 얼굴에도
멋스런 멋이 있다고
이 가을, 코스모스가 내 등을 친다.

그렇게 살더라

사람 사는 곳은 그렇더라
어제 본 듯
다정한 눈빛이 서성이는 거리에서
그 자리에서 사라진 기억들을
구태여 들추지 마라
서로 다른 세상이라고
내려놓으면 되지
굳이 이유를 달지 마라
흐르는 물처럼
덤덤히 그 여울을 보라.

소시장을 떠나면서

살다 보니
힘에 부쳐
논밭 팔고
남은 재산 소 두 마리
소시장에 각각 가격표 적어 멍에에 붙여두고
힐끗 쳐다본 똘망똘망한 큰 눈망울이
가슴을 적셔
허리 푹 숙이고
함께한 삶을 애써 지우려 한다

꿈이 많아
눈 뜨면 일하고
여물 챙겨주며 함께 지낸 시간들
낮에는 논밭 갈고
밤이 되면 서로 수고했다고
토닥이던 수많은 눈빛들의 믿음이
세월 속에 무너져서
일당日當의 삶을 살다 보니

새끼보다 더한 보물을 팔면서도
내 살겠다고
아픈 가슴 태연한 척
흔적을 지운다

얼마나 더 살겠다고
이 무거운 갑옷을 입고 다니는지
부끄러운 마음,
바람에게 물어본다.

포스트잇

빨리 변하는 세상 속에
미처 적응 못 하고 늘
그 자리 먼지로 남아 있는 붙임쪽지.
젊은이들은 자기만의 색상을 골라
개성 있는 손글씨로 시를 쓴다.
이 세상 가장 짧은 표현으로 살아 있다고 시위한다.
신선하고 발칙하기도 한
그네들의 세계를 기웃거리면서도
내게는 책상 위 재고더미로 쌓여
여인네의 분위기만 띄운다.
일회용 소모품에 익숙치 않은 탓도 있지만
무엇이든 소중하게 아끼며
정성껏 편지 쓰듯
마음을 던지는 습관이 배어
편리함을 버리는 것이다.

그렇게도 살구
이렇게도 살구
무엇이든 사랑으로 살자구.

정정자 여사님

15년 전 군자주민센터에서 탁구로 인연된 사이.
대학야구 투수 출신의 남편을 60세에
당뇨합병증으로 저 세상으로 보내고
최근에는 큰아들마저 가족력으로 한쪽 다리를
절단하여 간호하기 바쁜 와중에
본인은 한쪽 눈의 실명까지 겪는 삶의 시련 속에서도
90세의 나이가 믿기지 않을 신체와
정신력을 유지한 채
"선생님! 요즘 어떻게 지내세요?"
3년여 만의 전화 목소리만으로도
힐링이 되는 반가움에
토요일마다 아차산역 근처 탁구장에서
재능기부를 한다 하니
득달같이 오신다
두 달 치 강습비를 봉투에 담고.
어떤 말보다 탁구공으로 주고받는 랠리중에
지금 이 순간 무엇과도 바꿀 수 없는
삶의 한자락 이야기를 묵언默言으로
서로의 가슴에 똑딱똑딱.

건강이 허락할 때까지 탁구로 만나는 기쁨에
정성껏 20분의 레슨이 끝나는 순간
여사님의 얼굴엔 옛 소녀적 미소가 쓰윽 비친다.

이 맛에 재능기부 한다.

호연지기 浩然之氣

중독되어 가는 싸움터에서
만능주의 돈을 경계하자고
머슴처럼
이름 없는 들꽃처럼
생의 의미를 던지는
호연지기浩然之氣가 되자고
덤빈 젊은 날

히말라야 산맥

인간 세상
"격렬激烈과 비열卑劣을 밝히는
유일한 등대가 파수把守꾼인가?"의
의문이 격렬비열도格列飛列島인데
답이 히말라야 산맥이네요!

격렬激烈과 비열卑劣의 내 사랑도
여기에 던집니다.

2부
백마부대의 추억

경계근무

하늘을 가르는 새는
유유자적 임진강 철책을 넘나들고

돌아오는 계절은
그 자리 그대로인데

하염없는 국방부 시계만 돌리는
잔디 바로 위 총 멘 군인

군 생활

무딘 침상에
푹 주저앉아 글귀를 쓰다가
생각나는 얼굴이 헤아려질 때면
이름자 적다 지우고 적다 지우곤 한다.

하얀 벽에
불투명한 미래를 그려보기도 하고
어린 왕자를 생각하기도 한
새벽녘의 마음을 마음껏 펼치다가

믿음 속에 태어나
믿음 속에 살며
믿음 속에 존재한다는
생각을 다잡는다.

무전병의 하루

노을이 어둠 속으로 사라질 때
신선한 한 줄기 바람이
널따란 하늘을 몰고 내게로 온다

지상의 모든 것은 희미한 윤곽뿐인
하늘 맞닿은 고지 위에서
D형 텐트 치고
고된 훈련도 잠시 잊은 채
P-77, KP-6 무전기를 옆에 두고
마음은 별빛에 갇혀
별을 헤아리는 병사의 낭만을
언젠가 어린 왕자는 추억하겠지

아!
날고 싶구나 이상!

총(M16 小銃)

계절을 잊고
산에 길들여진 능선稜線을 자유롭게 타는
군인의 성립 조건 중의 하나인 특수함이
너로부터 시작했지

그림자처럼 붙어 다니는
넌
제2의 생명이라 일컬으며
우리를 너무도 많이 위협했지

사격射擊은 늘 긴장의 연속이었어

논두렁에 빠진 모습이나
산의 정상을 선착순으로 돈 거나
지휘관의 책임을 뒤따르게 만들거나
백마사격장에서의 쓰라린 기억들은
모두 너로부터 시작된 것

그러나
넌
용기와 과감果敢을 던졌어

철책 앞 칠흑漆黑 같은 밤도
실탄 장전 한 발에 의지한
임진강의 초병哨兵이었지 않았나

철모(M-1 鐵帽)

무슨 감투를 썼다고
온갖 풀들로 위장한 너의 존재
드라마 속의 생동이 마음에 깊이 차지했지

돌격대의 위용이
행군 속의 건재함이

그러나
넌 무게만을 던졌을 뿐
짜증스럽고 귀찮음의 인내를 만들었지
실탄 한 발을 막기 위한 방패로

하지만
붉은 흙을 밟고 행진하는 푸른 군복에
근엄을 준 철모는
가장 젊은 날의 초상肖像이었어

내무반

침상寢牀 3선에 정렬!
점호와 결산, 그리고 교육이 이루어지는 곳

명랑한 내무생활이란 슬로건을 토착화시킨 장소

물통을 지고 식수를 채우면서
뇌까리는 말
넌 군인이야
밤을 설친 야간 훈련 속에서도
넌 군인이야
간혹 불미스러운 사건이 생겨도
여기는 군대야
훔쳐도 군대이기에 가능한
자위와 변명이 통하는 곳
유일한 안식처가 내무반이었어.

임진강 야간 초소 근무

개구리 울음
달빛 속에서
고독해진다.

정신 무장

10Km 완전군장 구보驅步시
늘 머릿속을 정리하며 다지는 말은
나는 인생을 모른다
나는 인내도 정신도 한계점을 모른다
다만, 현 상황을 견디기 위한
몸짓에 불과하다

제대의 변辯

훈련소 가는 날
새벽 4시 02분
이름 없는 여관방에 몸이나 녹일까 들어갔어
세상 처음 닿는 전주의 지방색이
제법 서먹했는데
주인아주머니의 사투리에 울음이 터졌어
정말 무어라 표현하기 힘든 울음이었지

5302부대 정문에서 줄곧 옆에 있던
허씨가 보이지 않았어
그 순간부터 나와의 긴 싸움이 시작되었지

어린 왕자의 꽃에 대한 애착처럼
내가 공들인 시간과 순수를 실험했지
3년이란 시간이
의혹의 대상이 아니었지만
오히려 보고 싶은 마음보다
존재 자체가 힘들었어

전주 호성동 훈련소에서
하늘을 보면서 그랬지
삼 년 후에 보자구
아무리 얼차려 돌려봐라
내 머리는 과거 한 부분과 미래를 꿈꾸고 있을 테니까
오리걸음으로 PRI 교장을 돈 거나
물구나무를 서거나
모두 사제를 군용품으로 만드는 시작이었지

훈련소에서 건성으로 대했던
자유라는 개념을 강조한
카를 필리프 모리츠가 떠올랐어
작가의 힘을 그때서야 느꼈지
나를 바꿀 수 없어 일기를 시작했어
아무리 동질성의 제복이고 군인일지라도
나는 나야!
PX 편지지 두 권 사다 바늘로 꿰매고
금지된 병영일기를 강행했지

그때 고민했던
순간의 기록들이
시로 만들어지니
참 다행이라 생각해.

백마부대의 기억

인격을 던져 버린 제복 속의 자아는 없었다
집합체의 무수한 점 속에 박힌 한 생명체였을 뿐

꿈틀거려 봤자
막대기 서너 개의 위치
아무리 사내답게 살자 해도
계급을 앞세우고
지휘를 한답시며 던진 말
"너희는 군인이야
너희는 병이야"

결국 조직의 나부랭이에 끼여
최대의 복지는 무자비한 훈련이란
타이틀에 이끌리어
원하는 대로 뛰었다

쇼(Show)와 진실의 중간쯤에 세상을 경험한 나는
나도 모르게 튀어나온 말들을
한 명, 한 명에게 던졌다

"군대를 내세우지 마
사람 사는 곳이야
쇼(Show) 부리지 마
사람답게 행하는 거야
따라가지 마"

이젠 쇼(Show)도, 진실도, 제복도, 병장도 사라진다
꿈만 꾸고 지낸 생활을
주섬주섬 모아 추억하겠지만
꼭 기억해둘 게 있다
계급 속에 나란
집합체의 무수한 점 속에 박힌
하찮은 생명에 불과한 군인이었다는 사실을.

허수아비

황금색 벌판에
흰옷 입은 걸인이
이슬을 흠뻑 적신 채
붉어지는 산기슭을 포옹하네
달관의 미소로

3부
미술관을 다녀와서

자화상

- 모더니즘의 뚝배기(장욱진 회고전을 다녀와서) 1

벼가 무르익은 황금벌판 길에
연미복을 입은 콧수염의 화가 장욱진이
사진 한 컷을 찍는다

산과 나무로 치장된 하늘에는
살랑거리는 바람결을 즐기는 새들이 호위하고
땅에는 강아지가 주인을 뒤따른다

9할의 황금벌판 위에 일렁거리는 마음과
1할의 산, 나무, 새, 강아지가 지탱하는 믿음 속에
모더니즘의 뚝배기가 행진한다

진진묘眞眞妙

- 모더니즘의 뚝배기(장욱진 회고전을 다녀와서) 2

사랑하는 사람을 볼 때 좋은 면만 보인다
미운 구석은 내 마음에 묻고
사랑스러운 모습만 그린다

진진묘眞眞妙
화가는 아내의 법명을 화두로
최초의 불교화에 도전한다
새로움을 만들기 위해 얼마나 애쓰는지
작품을 완성하고도 몸져 누웠단다

진짜 진짜 묘한 아내가
살아 있는 부처라고
감히 외치며 작품을 완성한
장욱진은 진정한 사내다

잔디

- 모더니즘의 뚝배기(장욱진 회고전을 다녀와서) 3

푸르른 잔디가 아닌 황혼의 갈색 잔디에서
네 명의 검정색 사람이 노닌다

폐기종을 앓고 있던 화가는
죽음을 떠올렸을 거다

어쩌면 그 속에서
자유로운 영혼의 그림을 그릴 거라고

새와 나무

- 모더니즘의 뚝배기(장욱진 회고전을 다녀와서) 4

상형문자 같은 새를 보면
빡세게 한 대 맞은 기분이다

늘 고민거리가 익숙해진 한자어를 버리고
순한 우리말을 찾고자 헤매지만
화가는 새의 뼈대를 봤고
그것이 근본이라고 까불지 말라 한다
하물며 나무의 쓸쓸한 심장부에
덩그러니 희망을 노래한다

고수다
정말 고수다

밤과 노인

- 모더니즘의 뚝배기(장욱진 회고전을 다녀와서) 5

그림은 그려지는 것이 아니라
마음속으로부터 툭툭 튀어나온다고.
텅 비워진 마음에 순수의 빛이 비칠 때 붓을 든단다

추상抽象에서 무상無象의 극치를 달린 작가가
세상과 등진 두 달 전 그린 그림이다

흰 도포를 입고 하늘을 나는 작가는
처연한 달빛 속에 사랑하는 아이, 까치, 집, 나무가
보인다

유한의 슬픔이여!

이중섭의 편지

화가라는 가난한 직업 때문에
가족이 함께 지내는 생활을 접고
한국에서, 일본에서
그리움을 담아 보낸 이중섭의 편지글을 보니

과거와 현재는 사람의 능력이라
예측할 수 없는 미래에 담보를 잡지 못해
아쉬움의 순간들이 한 장의 편지에서 진심이 보인다

지나고 보니
위대한 화가가 된 이중섭의 '소' 그림보다
반듯한 글씨와 스케치한 그림에서
한 방울의 눈물이 맺히는 것은,
지탱하기 힘든 삶의 무게에 짓눌린 압박 속에서도
소중한 것이 무엇인지
오늘 가져야 할 사랑법이 편지 한 장의 여백에 담겨
못내 가슴을 치고 있기 때문이다.

이응노의 군상群像을 보며

산다는 것이 대단한 거 같지만
한낱 하루살이의 아우성

따로 또 같이
함께
홀로
고독을 숨기지만

자고 일어나면
이 세상 밖의 바람에 실린
한 점의 티끌

강아지

어릴 적에
갖고 싶었던 건 강아지였다

먹고 싶은 100원짜리 크림빵을 입에 물리면
냅다 1Km를 뛰어 집에 돌아와 먹는 습관을 이용하여
변견을 명견으로 자랑하고파

묶인 게 싫어
풀어 키우다 보니
몹쓸 약에 눈에 광채를 띠며 하늘로 가는 모습들이
왜 그렇게 안쓰럽던지

욕심이 화를 자초하면서도
여전히 버리지 못한 세월 속에
목탄으로 그린 강아지를 보니

이제는 그만
내려놓으라 하네.

내 마음의 카리브

청옥색靑玉色이 빚은
태고太古 신비神祕 카리브는
하늘 같기도 한 생명生命의 바다

페인트 벗겨진 담벼락 위
오색찬란五色燦爛의 남루襤褸마저
설움 너머 보트피플의 환한 미소微笑

면벽수행面壁修行의 구도자求道者여!

유영국의 산

유영국 화가는 말한다
"산은 내 앞에 있는 것이 아니라 내 안에 있다"

산을 주제로
평생을 던진 화가는
보이는 것에 마음을 심은 거다.

묵묵한 20년을 연습해 보니
힘 뺀 탁구가 보이듯이

산은 화려한 색감에도 불구하고
적막이 공존하는 표현법이 부럽다.

그 속에 동거하는 작은 영혼들이
신선한 산의 정기를 연신 뿜어
하늘이 그렇게 맑은 거다.

〈해설〉

따스한 사랑의 시간과 그 찰나의 여정

박관식(문학평론가)

1.

차주도 시인의 시집 『많이 놀다 보니 나이테가 보이더라』는 1부 많이 노는 이야기, 2부 백마부대의 추억, 3부 미술관을 다녀와서 등 총 3부로 나뉘어 있다.

1부는 치열한 삶의 한 단면을 한낱 놀이로 낮춰 치부한 일기장 같은 이야기로 담담하게 그린 시로 구성되어 있다.

2부는 오래전 젊은 시절의 군대 생활을 떠올리며 쓴 작품이고, 3부는 장욱진 회고전을 다녀와서 쓴 시 등을 모았다.

차 시인의 1집 『하루』는 덤덤한, 아니 1인 시위에 지쳐 뒤돌아볼 수 없는 처지에서 던져졌다고 시인 스스로 고백한다. 그 반면 2집은 오직 시만을 생각했다고….

이번 두 번째 시집도 처녀작인 『하루』에서처럼 파격적인 형식 파괴와 도전정신이 깃들어 있으면서도 일정한 틀을 완성해 유지하려는 시도가 돋보인다.

문학도들이 접하는 신춘문예나 문예지 공모에서 흔히 접할 수 있는 심사평의 단골 문구는 '작위적'이란 상투어이다. 하지만 이는 이른바 심사위원의 독단적인 판단이다. 더 노골적으로 비판한다면 그런 심사위원은 인생 경험이 미천한 작가 아니면 문학평론가들이다.

우리네 인생은 하루하루를 살다 보면 소설보다 훨씬 더 작위적이고 비인간적이며 동물적이다. 아니 소설보다 더 소설적인 삶이 많다. 그래서 우리네 부모들은 당신이 살아온 얘기를 쓰면 책 몇 권은 된다고 자조적인 한탄을 내뱉곤 했다. 차주도 시인도 마찬가지다.

차주도 시인의 시 속에는 '하루'라는 단어가 제법 많이 나온다. 그의 첫 시집 제목도 『하루』다.

그가 하루를 자주 쓰는 이유는 무엇일까? 어쩌면 매일 하루를 대할 때마다 성실하게 열심히 살아야겠다는 긍정의 주문이 아닐까 싶다.

'출근길에 막히다가 / 퇴근길엔 맞은편이 막히는 / 강변북로의 하루나. / 맛있는 음식을 고르는 / 혀의 놀림에서 / 배설까지 하루나.'

시「늘, 그렇더라」에서는 하루를 '하루나'로 표현한 잠재 기법이 독특하다.

'항상 곁에 있을 거라는 / 맹신으로 하루하루를 보내면서 / 감사하고, 소중해서 / 사랑한다는 말 한마디 아껴두고 / 술로 표현하는 미련을 버려야 합니다 / 언젠가는 떠날 사람이고 / 이미 가버린 사람의 기억마저 / 옅어지는 오늘을 살면서 / 벙긋거리는 붕어의 지혜를 닮아야 합니다 / "만나고 싶습니다! 좋아합니다! 사랑합니다!" / 회상보다는 / 즐거운 하루의 노래를 배워야 합니다'

시「하루 살기」에는 감사하고 소중해서 사랑한다는 말을 아끼면서도 술로 표현하며 벙긋거리는 붕어의 지혜를 배워야 한다고 겸손해 한다.

'하루라는 전쟁터는 / 시작을 알리지만 / 끝을 알 수 없는 / 링 위 복서의 심정'

시「하루라는 전쟁터」는 짧은 글로 많은 것을 암시한다. 하루가 무척 짧은 것 같지만 그렇지 않다는 신념으로 최선을 다해 살아야 하는 이유가 담겨 있다. 어떻게 하루를 보내야 최선의 삶이 될지 그 의문은 영원하다.

'오늘도 최선을 다했는지? / 습관처럼 달고 다닌 이 말이 / 그래 최선을 다했어 / 편하게 쉬어 / 바람이 던지는 고요에 답하고 / 아내가 곁에 있어 집착했던 욕심들을 태우며 / 저 모퉁이 지구에서 사라지는 한 점의 티끌이지만 / 해와 달이 처연히 비춰지는 바위에 새기련다 / 그래도 행복했다고 / 고맙다고 / 그리워할 거라고.'

시 「내 떠나는 날엔」은 오늘 하루를 사는 데 최선을 다한 데 대한 감사의 마음을 전한다. 그러면서도 하루하루를 살다 보면, 언젠가 떠나는 날이 오더라도 후회 없이 잘살았노라고 담담할 수 있는 달관의 정이 눈물겹다.

'삶이 아름다운 건 / 죽음이 있기 때문이다 / 묻힐 자리 찾아갈 때마다 / 욕심 한 묶음 내려놓기 때문이다 / 산다는 것은 / 산다는 것은 / 달빛에 비친 잔잔한 바다 속으로 / 뚜벅뚜벅 하루를 걸어가는 기록이다.'

시 「비움」에서는 "삶이 아름다운 것은 죽음이 있기 때문"이라는 역설적인 신조어新造語도 출현한다. 묻힐 자리를 찾아가면서 욕심을 내려놓고 뚜벅뚜벅 하루를 걸어가는 기록이라는 표현이 먹먹하다. 어째

그 깊은 속마음을 쉽게 접할 수 있을까.

2.

차주도 시인이 존경하고 좋아했던 신경림 시인에 관한 이야기는 우리 주변에서 많이 볼 수 있다. 그러나 시인의 개인사적인 문제는 그다지 알려지지 않았다. 다만 가난한 시인이었다는 것은 웬만한 독자들은 잘 안다. 그럴 수밖에 없는 것이 이 시 속에 돈 얘기가 나오기 때문이다.

'돈 / 너머 / 詩人이 있다'

시 「신경림 시인」은 아주 짧은 몇 글자의 시로 심금을 울리는 작품이다. 돈이 전부인 이 세상살이에 문외한이었던 시인의 삶을 어쩌면 이리 짧고도 여운 있게 쓸 수 있을까. 참 가슴이 따뜻해지는 시다.

'긴 / 여정을 / 몇 자 적어 놓고 / 스쳐 지나가는 코스모스'란 시 「시인」도 매우 어려운 현실을 살아가는 시인들의 서글픈 속내를 심도 있게 담아냈다. 바람에 흔들리는 약하디약한 시인의 심정은 어떠할까 싶다. 이런 장면에서도 근원 모르는 이슬방울이 끈적인다.

'올해 떠난 신경림 시인은 / 저승길을 낙타를 타고 가서 / 돌아올 때는 세상에서 가장 어리석은 / 사람

하나 등에 업고 오겠다고 했고 / 여비가 없어도 먼저 가 있는 천상병 시인은 / 세상이 아름다웠다고 말했고 / 시 속의 시인 김종삼 시인은 / 어린 거지 소녀가 어버이 생일이라고 / 10전짜리 두 개를 보이며 / 밥집 문턱에 천연스레 생일상을 / 차리는 모습이 부럽지 않은 것은 / 그런 자식 있고 며느리 있다는 믿음이 / 아직은 살아 있고 / 위대한 시인들만큼 / 순수가 있다고 자부하기에 / 아직 익지 않은 마음을 담금질하는 / 하루의 일상이 늘 새롭게 보이는 / 즐거움에 있어 / 새벽에 내 그림자를 건드려 본다.'

시 「새벽 단상」에서도 가난한 시인의 대명사인 신경림과 천상병 시인이 또다시 등장한다. 키와 외관 등이 서로 엇비슷하면서 욕심 없이 세상을 살았던 두 시인은 따스한 시를 많이 남겼다. 그런 선각 시인들의 시를 닮고 싶은 차 시인의 마음이 살포시 엿보인다.

'신문 사단지 의류 광고를 처음 낼 때 카피는 / "옷이 말을 한다?"고 했다 / 어쩌면 돈 안 내고 등단한 첫 시다. / 김수영 시인은 / 「시여, 침을 뱉어라」에서 / 시작은 '머리'로 하는 것이 아니고 / '심장'으로 하는 것도 아니고 / '몸'으로 하는 것이요 / '온몸'으로 밀고 나가는 것이라 했다 / 탁구가 빨리 늘고 싶다고 / 안달하는 제자의 질문에 / "탁구장에 오래 머문 시간만이 고수의 길이라고" / 아직도 말한다. / 한 줄의 시작에 매달리는 무수한 기다림도 / 묵묵히 / 적나라하게 / 발가벗고 / 부끄러운 내 몸을 세상 속에 던져야 한다.'

시 「몸이 말을 한다」는 처음 읽고 순간 내 눈을 의심하면서 깜짝 놀란 작품이다. 차 시인이 젊은 시절 먹고살기 위해 선택했던 의류업 분야에서도 최선을 다한 흔적이 엿보이는 시이기 때문이다.

사실 신문에 광고까지 낼 정도로 사업 규모가 컸다는 방증이다. 게다가 "옷이 말을 한다?"는 카피 문구가 대단하다. 돈 안 내고 등단한 첫 시라는 데 웃음이 빵 터진다. 대단한 조크다. 물론 광고 문구조차 한 편의 시다.

3.

시집을 읽고 가슴이 답답해지고 먹먹한 기분에 치우쳐 금방이라도 풀잎 이슬 같은 눈물방울이 또르르 흘러내릴 듯한 적이 언제 있었던가. 아마 이런 느낌의 카타르시스를 맛본 것은 차주도 시인이 처음인 듯하다.

물론 차주도 시인의 시적 배경이 남다른 데 대한

선입관에 따라 일찌감치 눈물샘을 자극한 탓인지도 모른다. 설사 그렇더라도 그 반대의 배경에서 우러나오는 용서와 화해의 메시지는 오히려 야속할 만큼 차고 냉정하다.

차주도 시인은 대기업에 근무했던 장남을 2014년 8월 이라크 현지에서 교통사고로 졸지에 잃었다. 그해 4월 세월호 침몰로 나라가 어수선하던 그 무렵 차 시인에게 청천벽력 같은 '제2의 세월호 사건'이 덮쳐 가정이 산산이 조각났다.

사람들은 흔히 자식을 잃으면 가슴에 묻는다고 말한다. 물론 부모가 자식을 먼저 보내는 경우는 흔치 않지만, 간혹 보기 드물게 그런 사례의 주인공들을 보고 가슴이 먹먹해지는 때가 종종 있다.

차주도 시인의 경우도 마찬가지다. 차 시인은 처녀 시집 『하루』를 펴낸 2017년은 큰아들을 보낸 지 3년이 지난 때로 대기업 본사 앞에서 매일 시위했다. 그런 상흔을 정신·육체적으로 감내하면서도 어렵게 시집을 펴낸 그의 집념을 익히 잘 알고 있다.

나 역시 먼발치로 1인 시위하는 그의 모습을 지켜본 적이 있다. 하지만 비겁한 대기업의 행태를 보면서도 어떻게 도움을 줄 수 없는 나 자신을 한탄하면서….

'가슴이 저미어 / 생각이나 행동이 마음대로 안 되는 / 십 년쯤의 숙성에도 똑같다면 / 그때부터 사랑이란 말을 읊조리겠습니다 / 사랑한데이 장환아!'

시 「사랑한데이」에서는 큰아들에 대한 사랑의 감정이 처절하게 녹아 있다. 사랑한다는 말을 함부로 하지 못하는 그 사랑은 과연 깊이가 얼마나 요원할까.

'옷 만드는 공장에서 / 보직은 시아게 / 비공식 야간 대빵 / 직원들 퇴근시에 / 한두 장의 옷을 슬쩍 한다고 / 수시로 귀띔하는 충고에 / "눈 감고 그냥 월급 더 줬다고 생각한다" / 답하니 / 빡! / 귀싸대기 한 대 때리고는 / 용두동에 아차산까지 / 눈발 내린 거리를 새벽에 / 혼자 걸어가는 심정은 어땠을까? / 꽃단장 마무리된 봄날에 / 그 우직한 돈키호테의 / 귀싸대기 한 대 / 더 맞고 싶은데 / … 아버지.'

시 「… 아버지」도 은근슬쩍 눈물을 유발한다. 아버지에게 맞아본 적이 없던 필자로서는 문득 아버지에게 귀싸대기를 한 대 맞은 차 시인이 부러워졌다.

그 우직한 돈키호테로부터 한 대 더 맞고 싶으나 당신은 이미 이 세상 사람이 아니다. 어쩌면 지금쯤 하늘나라에서 큰아들과 만나 행복한 천생(天生)을 살지 않을까.

'큰아들 잘 있니? / 너의 주검 앞에 눈으로 확인

하는 검시와 / 의학 드라마에서 본 듯한 부검의 의미도 모른 채 / 죽음의 실체를 밝히기 위해 / 이라크에서 한국으로 너를 싣고 국립과학수사연구소로 / 부검하기까지 이십 여 일의 행적은 엄청난 / 고민과 관습에 싸웠다.'

시 「큰아들 7주기에 보내는 편지」의 일부이다. 사실 차 시인의 큰아들이 이라크 현지에서 사망한 사건은 어찌 보면 작은 일이 아니다. 규모로 보면 왜소할지 모르나 세월호 사건 못잖은 중차대한 국격을 논할 만한 사건이다.

그런데도 조작되고 숨겨져 왔다는 사실을 일반 국민이 제대로 알았다면 한동안 떠들썩했을 법하다. 하지만 거대한 조직은 차주도 시인 가족을 깔아뭉갰다. 참 서글프고 괘씸한 권력이다.

'2014년은 / 세월호의 참사로 / 일상이 허우적거리다 / 너의 사고사로 / 먹먹한 허탈의 기억을 / 완전히 지우고 싶은 한 해였다. / 진실은 거짓 앞에 / 무너진다는 신념으로 / 세상과 싸웠지만 / 돈이 권력을 지배하고 / 돈이 사람의 양심마저 빼앗는다는 / 현실을 확인하는 데 오 년이나 걸렸다. / 상일동 회사 앞 오 년여 1인 시위 / 광화문 세월호 옆 간헐적 1인 시위'

시 「아들 10주기를 추모하며」에서는 5년 넘게 1

인 시위를 한 차 시인의 서글픈 마음을 간접적으로 표현한 시구가 절절하다. 진실은 거짓 앞에 무너졌고, 돈이 권력을 지배하고 사람의 양심마저 빼앗는다는 엄연한 현실만 봤을 뿐이다.

'예림이가 호주로 떠나기 전 / 아빠가 세상에 없다고 알린 날 / 보고 싶다고 / 마냥 가슴을 열고 / 울음을 터뜨린 그날 / 덥석 안긴 손녀 / 등만 토닥일 뿐'

시 「눈물은 눈물을 낳고」도 역시 눈물샘을 자극한다. 자식을 잃은 경험 없이 어찌 그 마음을 익히 알리오?! 울음을 터뜨리는 손녀의 이별 연습이 어째서….

'지나온 날들 / 만남의 인연이 / 처절하게 분해되는 세월 / 삶은 흐르는데 / 자연으로 돌아가는 이별이 / 무겁다.'

시 「이별 연습」은 아무렇지도 않은 것처럼 표현한 자연으로 돌아가는 이별 연습이 마뜩잖다. 이 시 또한 짧은 글인데도 마음으로 전해지는 여운은 거대한 파도 같다.

'진실이 있는 거 알면서도 / 애써 진실을 막고 있는 세월들 / 너무 아파서 / 아픈 기억이 병이 될까 봐 / 잊고 살기로 약속한 시간들 / 권력과 조직 앞에 무능해진 하루하루들 / 지구 몇 바퀴 더 돌아야 제 정신 줄이 될지 / 하늘에 있는 너의 지혜로 / 날 수 있는 방

법을 만들어 줘.'

　시「비익조」역시 권력과 조직 앞에서 무능한 자신이 어쩔 수 없는 거대한 현실이 야속할 뿐이다. 그러고 보면 우리 대한민국은 비겁한 사회다. 법이 있는 척하나 법이 없는 나라에 살고 있다. 요즘 사람들이 개탄하는 정치인들조차 전과자가 태반인 나라, 살기 좋은 나라다.

　'진실과 정의가 하늘 아래 있다고 믿었던 / 62년의 배움이 철저하게 무너진 법정에 / 다시 믿고 던진 집행문 부여 이의신청이 받아졌다 / 당연한 결과가 당연하지 않게 보이는 현실에 / 바람이 분다.'

　시「다시 시작하는 1인 시위」도 약한 자의 억울한 심정을 토로하고 있다. 당연한 결과가 당연하게 보이지 않는 현실을 사는 시인의 하루는 그래서 하루 같지 않다. 사는 게 너무 고통스럽기에 그래서 하루를 빡빡하게 살아야 하는 하루살이 인생인 게다.

　'1561일의 1인 시위 동안 / 꿈쩍 않던 회사가 / JTBC 출동하자 분주하게 움직인다 / 경비원들 시켜 / 시위 문구 앞과 뒤, 몰골 찍힌 사진 3컷의 보고가 / 윗분들과 나누는 새벽인사였는데 / 돌변하여 / 가냘픈 여기자에게 / 정중하게 허리를 굽혀 명함을 건네면서 / 1인 시위 촬영한 한 시간 삼십 분 동안 / 갖은 너스레로 치장하는 홍보팀 윗분에게 / 전사 같은 여기자 일침을 던진다. / 1561일 동안 1인 시위하는 분과는 / 인사 나눈 적 있나요?'

시 「존재의 힘」에서는 가냘픈 여기자의 질문 한마디가 가슴을 후벼 판다. 1561일 동안 꿈쩍 않던 회사 홍보팀 상사에게 "1561일 동안 1인 시위하는 분과는 인사 나눈 적 있나요?"라고 질문한 JTBC 여기자가 얼마나 멋져 보이는지? 참 기자다운 여기자다.

4.

이번 차주도 시인의 시집에서 더욱 놀란 분야는 아주 짧은 시다. 비록 몇 글자 안 되는 시구가 웬만한 장편소설 못잖은 이야기를 담고 있는 데가 많다. 그런 점에서 새롭게 시도한 시인의 시정신이 매섭다.

사랑이란 표현도 지나치면 오히려 구차하다. 짧지만 강한 여운이 더 오래 남는 연유이다.

대개 사랑의 서사시는 '그때 그곳에 사랑이 있었다'라고 표현한다. 그러나 그 당시 마음속 사건을 어떻게 입증할까? 그리고 어디 사랑이 객관적일 수 있을까? 그 사랑의 시간이 성립되려면 그 시간의 존재가 전제 조건이어야 한다.

하지만 지나간 흔적으로는 사랑의 시간을 증명하지 못한다. 겨우 그 시간을 증명하는 힘은 언어에 의존할 수밖에 없다. 그래서 구구절절하게 구차하게 긴 말보다 짧은 시가 더 어울린다. 서술어의 감춤은 시적 효과를 한층 더 이끌어 올린다.

'묵묵한 여백이 넓을수록 / 사람 사이 간극이 좁아짐을 알면서도 / 늘, 경청이 어렵다.'

시 「습관」은 어렵다. 여기서 말하려 하는 시인의 속내를 감히 알 수 없다. 그래서 좋다.

'詩는 뇌에서 쏟아내는 / 무수한 언어에 덧칠한 / 마음이 실린 대화 / 마음이 닿은 기억들을 찾아다니는 / 끝이 없는 여행'

시 「詩의 본질」은 대학에서 어렵게 배우는 시학 개론 같다. 시를 쉽게 쓰려는 시인들에게는 난해한 치부다. 하지만 알고 보면 그리 걱정할 만큼 어렵지는 않다. 그래서 시는 수수께끼다.

'사랑한다는 것은 / 늙어 가더라도 / 세상이 아무리 변하더라도 / 끝까지 아껴주는 마음이다'

시 「사랑한다는 것은」의 전문이다. 사랑은 역시 어렵다. 누가 사랑은 바보들의 이야기라는 명언을 남겼을까.

'삶의 불행은 운명이고 / 삶의 행복은 기술이다'

시 「행복은 기술」은 옛날 누군가 남겼을 법한 명언 같다. 하지만 분명한 것은 차주도 시인이 처음 쓴 시다. 이런 시를 볼 수 있다는 것이 곧 행복이다.

'꿈꾸는 삶을 / 준비한 사랑 앞에 / 미소 띤 여인'

시 「게이샤의 추억」은 미궁 속 여인을 그린 작품이다. 이런 시는 독자들에게 카타르시스를 준다. 짧지만 전해지는 무게가 그만큼 중압감이 있는 탓이다. 독자들의 사랑을 테크니컬하게 지도해 주고 축하해 준다. 그래서 쉽지 않다.

'검정색 티에 묻은 / 흰 머리털과 하얀 코털 / 어디서 묻었지? / 낯선 나를 본다.'

시 「낯선 나를 본다」는 하루하루를 열심히 살아온 시인이 어느새 늙어 버린 모습을 생소하다고 그린 작품이다. '어디서 묻었냐'는 능청맞은 표현이 절절하다.

'변명 찾기에 궁색한 애널리스트에게 조언한다. / 색즉시공, 공즉시색이라고.'

시 「색즉시공, 공즉시색」은 주식 투자를 해보지 못한 이들은 쉽게 이해하기 힘든 작품이다.

'색즉시공'은 현실의 물질적 존재는 모두 인연에 따라 만들어진 것으로서 불변하는 고유의 존재성이 없음을 이르는 말이다. '공즉시색'은 만물의 본성인

공이 연속적인 인연에 의하여 임시로 다양한 만물로서 존재한다는 것이다. 그러니 주식이 어렵다고 하지 않았던가? 그래서 주식은 투자가 아니고 투기다.

'아무리 낙엽일지라도 / 제색霽色을 내고 떨어져야지.'

시 「직무유기」도 재미있다. 낙엽이 어디 다 붉은색만 있던가? 푸른 낙엽도 있지 않은가.

'사람의 받침 'ㅁ'이 / 닳고 닳아 견딘 힘이 / 'ㅇ'으로 변하여 / 사랑이었네.'

시 「사람이 위대한 이유」는 우리 한글의 위대함을 발견한 작품이다. 사람의 'ㅁ'이 닳고 닳아 'ㅇ'으로 변하여 사랑이 되었다는 얘기다.

네모난 각진 사람이 유연하게 마음을 닦아야 사랑할 자격이 주어진다는 뜻으로 해석할 수 있다. 결국 제대로 사랑을 하려면 부드러워져야 한다는 얘기다. 참 어려운 사랑법이다.

'나이테 찍힌 얼굴이 서럽지 않음은 / 스며든 사랑이 더 깊음이라'

시 「살아가는 이유」에도 그놈의 사랑이 스며들어 있다. 사랑 참 어렵다.

'맨정신을 혼절시킨 / 술의 힘으로 / 삶의 정감을 삭인 / 친구가 보이는 무대이기에'

시 「음주의 변명」은 술의 힘을 아는 애주가들만 이해할 수 있는 시다. 그렇지 않은 독자들은 알기 어렵다. 그렇다고 오로지 술의 힘에만 의지하는 애주가는 망할 수밖에 없다. 사랑도 마찬가지다.

'함께 산다는 건 / 마른 땅에 갯벌이 스며드는 / 하루하루들.'

시 「부부」 전문이다. 부부를 이렇게 간단명료하게 표현한다는 철학이 참 어렵다. 고수만이 아는 부부 철학이다. 차 시인만의 시학 개론이다. 두고두고 읽다가 그래도 이해되지 않으면 차 시인에게 슬며시 여쭤볼 만한 작품이다. 하지만 그렇게 어려운 뜻이 담겨 있지는 않은 듯….

'숱한 사람들이 응시하는 날카로운 눈빛들은 / 면벽으로 용맹정진하는 / 참다운 나를 찾는 / 아름다운 수행의 길'

시 「1인 시위 Ⅱ」에서는 1인 시위를 아름다운 수행의 길이라고 표현했다. 이만한 수도승이 그 어디 있을까. 나쁜 놈들은 분명 지옥에 가게 마련이다.

차주도의 세계는 여전히 따스한 사랑의 시간과 그 찰나의 여정을 즐긴다. 그와 함께 깊숙이 내재한 음각의 내면세계를 여행한다.

이 시집에서 사랑이 전해 주는 시간은 그래서 행복

하다. 독자들이 차주도 시인의 시를 읽고 한줄기 눈물이라도 흘릴 줄 알면 그는 분명 마음이 따스한 분일 터이다.